AF552973

एकात्म मानववाद

भाजपा का संकल्प

भवन-निर्माण व राष्ट्र-निर्माण एक समान

—श्रीगुरुजी

अब यह मकान है, आपके लिए उपयोगी है। उसके भिन्न-भिन्न अवयव यानी ईंट, पत्थर, चूना आदि सब एक-दूसरे से मिलकर जुड़े हुए हैं। यदि इन ईंटों का ढेर बनाकर, उस पर चूना-लकड़ी और लोहा डाल दिया जाए तो वे ढेर मात्र बने रहेंगे। जब एक मकान की रचना का विचार उत्पन्न होता है तो हम उसका एक मानचित्र बनाते हैं। सामग्री इकट्ठा करके एक अत्यंत उपयोगी, सुखकारक, रक्षा करनेवाले गृह का निर्माण करते हैं।

एक राष्ट्र का निर्माण करने हेतु ऐसा ही विचार करना होगा। प्रत्येक ईंट अपने स्थान पर रखी जानी चाहिए। यदि कोई ईंट बेढब हो तो उसे ठीक आकार दिया जाना चाहिए। समाज के उत्कर्षपूर्ण जीवन के लिए हमारा ढेर के रूप में रहना लाभदायक नहीं हो सकता। इसकी सुरचना अत्यंत आवश्यक है। हमें छोटी बड़ी शाखा को एक संगठन में समझना, विचारों को ठीक आकार देना और सबको संगठन का संस्कार प्रदान करना है। इन संस्कारों के फलस्वरूप सुदृढ़ राष्ट्र की रचना होती है।

—श्री गुरुजी, समग्र, पृष्ठ 78 ख.2

एकात्म मानववाद

भाजपा का संकल्प

बसंत कुमार

सत्साहित्य प्रकाशन, दिल्ली

प्रकाशक : सत्साहित्य प्रकाशन, 205-बी चावड़ी बाजार, दिल्ली-110006
सर्वाधिकार : सुरक्षित / संस्करण : प्रथम, 2015 / मूल्य : एक सौ पचास रुपए
मुद्रक : आर-टेक ऑफसेट प्रिंटर्स, दिल्ली सहयोग : मानव कल्याण संस्थान

EKATAM MANAVVAD : BJP KA SANKLAP

by Basant Kumar Rs. 150.00
Published by Satsahitya Prakashan, 205-B Chawri Bazar, Delhi-110006
ISBN 978-81-7721-258-7

कलराज मिश्र
KALRAJ MISHRA

सत्यमेव जयते

सूक्ष्म, लघु और मध्यम उद्यम मंत्री
भारत सरकार
नई दिल्ली-110011
Minister
of
Micro, Small & Medium Enterprises
Government of India
New Delhi-110011

प्राक्कथन

'90 के दशक में सोवियत संघ के विघटन के पश्चात् साम्यवादी समूह का अंत हो गया और पूरा विश्व आर्थिक उदारवाद तथा वैश्वी करण की ओर चल पड़ा। वैश्वीकरण और आर्थिक उदारवाद के इस युग में विश्व आर्थिक विकास एवं पूँजी निर्माण को साध्य मानते हुए विकास की धारणा के इर्द-गिर्द घूम रहा है और हम अपनी स्वदेशी विचारधारा से भटकते हुए नजर आ रहे हैं तथा स्वावलंबन के त्याग एवं आत्मपूर्ति में लगे हुए हैं। बहुत पहले पूज्य गुरुजी ने स्वावलंबन व आत्मपूर्ति के अंतर को स्पष्ट करते हुए कहा, ''हमें स्वयं के संसाधनों पर निर्भर करना चाहिए, अगर किसी वस्तु की कमी है तो हमें निर्यात से कमाई विदेशी मुद्रा से आयात करें। तात्पर्य यह है कि हमें अपने संसाधनों पर निर्भर रहना चाहिए। आत्मपूर्ति की अवस्था में अपने देश में पर्याप्त उत्पादन हो, हमें किसी भी प्रकार की कमी न हो। आज हम पाते हैं कि भारत खाद्य आत्मनिर्भरता से हटकर आयात पर निर्भर हो गया है। किसान आत्महत्या कर रहे हैं, कृषिभूमि रसायन और विदेशी बीजों के प्रयोग से बंजर तथा कम उत्पादक हो गई है।'' पूज्य गुरुजी ने 1970 में स्वदेशी के अंतर्गत दो अवधारणाओं—आत्मनिर्भरता व विकेंद्रीकरण—को भारतीय परिस्थिति के लिए उपयुक्त बताया। उनके अनुसार देश की आर्थिक नीति हमारे राष्ट्र की प्राचीन व सनातन आध्यात्मिक मूल्यों के साथ संगत होनी चाहिए। गुरुजी के उस

Off. Room No. 168, Udyog Bhavan, New Delhi-110011, Ph. : 011-23061566, 011-23061739 Fax : 011-23063141

समय के विचार आज भी प्रासंगिक हैं।

प्राचीन भारत में अर्थव्यवस्था पूर्णतः ग्रामीण उद्योगों और कृषि पर आधारित थी, जिसकी पुष्टि कौटिल्य के अर्थशास्त्र में दिए गए विवरण से होती है, परंतु देश में गुलाम वंश की स्थापना के पश्चात् विभिन्न सल्तनतों के शासनकाल में ग्रामीण अर्थव्यवस्था का क्षरण होने लगा। बाद में मुगलकाल, ईस्ट इंडिया कंपनी और ब्रिटिश ईस्ट इंडिया काल में देश की ग्रामीण अर्थव्यवस्था, जिसका मुख्य आधार स्वावलंबन और दरिद्र नारायण की पूजा थी, पूरी तरह समाप्त हो गई।

बीसवीं शताब्दी के प्रारंभ में हुए विश्वयुद्ध ने पूरे विश्व की आर्थिक व्यवस्था में आमूल-चूल परिवर्तन का रास्ता खोल दिया और विश्व दो समूहों में बँट गया। पूरे विश्व में दो पद्धतियाँ अपनाई जाने लगीं। कहीं पर साम्यवादी और कहीं पर पूँजीवादी प्रणाली अपनाई गई, जबकि ये दोनों ही प्रणाली आम आदमी के व्यक्तित्व विकास और उनकी आकांक्षाओं को पूर्ण करने में विफल रही हैं। साम्यवादी व्यवस्था पूर्ण रूपेण कठोर नियमों द्वारा विनियमित रही है, इसमें व्यक्ति और व्यक्तित्व के विकास का कोई महत्त्व नहीं होता था। '90 के दशक में सोवियत संघ के विघटन के पश्चात् पूँजीवादी प्रणाली का प्रादुर्भाव हुआ, जो पूरी तरह से भौतिकवाद के पीछे भाग रही है और इस प्रणाली में एक ही चीज प्रधान रह गई—वह है, प्रतिस्पर्धा। इस प्रणाली में वही व्यक्ति सफल हो सकता है, जो समर्थ और संपन्न है। इस प्रणाली में कमजोर और लाचार, भारतीय शब्दकोश के अनुसार दरिद्र नारायण के लिए कुछ भी नहीं है। इन दोनों ही प्रणालियों में सत्ता का केंद्रीकरण निहित है।

1947 में देश की आजादी के समय पूरा विश्व दो महाशक्तियों के बीच चल रहे शीत युद्ध के कारण आर्थिक व राजनीतिक रूप से साम्यवादी व पूँजीवादी समूहों में बँटा हुआ था और भारत भी इससे अछूता नहीं था। देश के प्रथम प्रधानमंत्री पंडित जवाहर लाल नेहरू के व्यक्तित्व पर पाश्चात्य सभ्यता का गहरा प्रभाव था, इस कारण महात्मा गांधी की स्वदेशी और सत्ता

के विकेंद्रीकरण की अवधारणा के स्थान पर पश्चिमी अवधारणा से प्रभावित आर्थिक नीतियों को लागू किया गया, जिसकी मुख्य विशेषता सत्ता का केंद्रीकरण तथा तंत्र को मजबूत करना था। ऐसे समय में जब हम स्वामी विवेकानंद, लोकमान्य तिलक, ज्योतिबा फूले, महात्मा गांधी, सरदार पटेल और डॉ. श्यामा प्रसाद मुखर्जी के दिशा-निर्देशित मार्ग से भटक चुके थे। पंडित दीनदयाल उपाध्याय का भारतीय राजनीति के पटल पर प्रादुर्भाव हुआ, जिन्होंने विश्व को एक ऐसा दर्शन दिया, जिसका लक्ष्य मानव का कल्याण था, उनका यह दर्शन 'एकात्म मानववाद' के रूप में जाना गया। यह दर्शन, जिसका केंद्रबिंदु समाज के अंतिम छोर पर खड़ा व्यक्ति था, जिसको अंत्योदय के रूप में दीनदयालजी ने प्रस्तुत किया। उन्होंने भारत की सनातन विचारधारा को युगानुकूल प्रस्तुत करते हुए देश को एक प्रगतिशील व सदैव प्रासंगिक रहनेवाली विचारधारा दी। उन्होंने समाजवाद, साम्यवाद, पूँजीवाद, उदारवाद, व्यक्तिवाद आदि पश्चिम से आयातित सिद्धांतों से परे इस सिद्धांत का प्रतिपादन कर आधुनिक राजनीति, अर्थव्यवस्था तथा समाज-रचना का ऐसा चतुरंगी धरातल प्रस्तुत किया, जो राष्ट्र के विकास एवं मानव कल्याण को सुनिश्चित कर सकें। यद्यपि पंडितजी के असामयिक निधन के कारण मानव के समग्र विकास की इस विचारधारा का लोकव्यापीकरण नहीं कर पाए, जिसे बाद में श्री अटल बिहारी वाजपेयी, श्री लालकृष्ण आडवाणी व डॉ. मुरली मनोहर जोशी ने अपने अथक प्रयास से उजागर किया। पंडितजी अपने व्यक्तिगत जीवन में मानव कल्याण को अपना साध्य मानते थे। एक बार वे झाँसी से इलाहाबाद गाड़ी में यात्रा कर रहे थे। जूता पॉलिश करनेवाले एक बच्चे ने पंडितजी के सामने बैठे एक सज्जन से जूता पॉलिश करवाने का आग्रह किया। उस सज्जन ने उस बच्चे से पूछा, 'क्या तुम्हारे पास जूते को चमकाने के लिए कपड़ा है।' बच्चे ने कहा, 'नहीं', तो उस सज्जन ने पॉलिश करवाने से मना कर दिया। यह बात पंडितजी सुन रहे थे, उन्होंने बच्चे को बुलाकर अपने अँगोछे से कपड़ा फाड़कर बच्चे को देते हुए कहा, 'लो, इससे साहब के जूते चमका दो।' लोगों ने जब उनसे फटे हुए अँगोछे के विषय में जानना

चाहा तो उन्होंने सहजता से कहा, 'अँगोछा थोड़ा छोटा हो जाने से मेरा काम नहीं रुक रहा, परंतु उस छोटे टुकड़े ने उस बच्चे को उस दिन के खाने का इंतजाम कर दिया।'

यह घटना पंडित दीनदयाल उपाध्याय के 'एकात्म मानववाद' की मूल भावना को दरशाती है। यदि समाज के संपन्न लोग अपनी आवश्यकताओं में थोड़ी सी कमी या कटौती कर लें तो कोई भी भूखा नहीं रहेगा। एक अर्थशास्त्री ने उनसे कहा कि यदि हिंदुस्तान में लोग चींटी और बंदरों को खिलाना बंद कर दें तो भुखमरी की समस्या का समाधान हो सकता है। इस पर पंडितजी ने उस विद्वान् अर्थशास्त्री को बताया कि यदि बड़े लोग सप्ताह में दो समय उपवास करें तो भी इस समस्या से निपटा जा सकता है अर्थात् मानव की भूख मिटाने के लिए बेजुबान कीड़ों और जानवरों को भूखों मारना सर्वथा अनुचित है। पंडितजी ने अपने 'एकात्म मानववाद' में व्यक्ति के जीवन में पूर्णता के साथ-साथ संकलित विचार किया है और सभी की भूख मिटाने की चेष्टा की है, किंतु यह ध्यान रखा है कि एक की भूख मिटाने के प्रयत्न में दूसरे की भूख मिटाने का मार्ग बंद न हो जाए।

पंडितजी ने व्यक्ति और समाज दोनों को समग्रता में देखा है। इसलिए व्यक्ति के संपूर्ण व्यक्तित्व के विकास के लिए केवल भौतिक अर्थात् आर्थिक आवश्यकता की ही पूर्ति नहीं है अपितु उसका आत्मिक और बौद्धिक विकास भी आवश्यक है, बिना इसके व्यक्तित्व का संपूर्ण स्वरूप प्रकट नहीं हो सकता, इसी प्रकार से समाज में भी संपूर्णता के आधार पर ही विचार करना पड़ेगा। समाज की आर्थिक भूख मिटाने के साथ उसका सांस्कृतिक, आत्मिक एवं बौद्धिक क्षुधा का भी निवारण करना पड़ेगा। समाजरूपी शरीर को हर दृष्टि से स्वस्थ रखना पड़ेगा तभी समाज में धर्म, अर्थ, काम और मोक्ष को व्यावहारिक स्वरूप प्रदान किया जा सकता है। इसलिए पंडितजी ने एकात्म मानववाद के दर्शन को प्रस्तुत करने के पूर्व 'सिद्धांत और नीति' के अंदर जिस ढंग से शरीर को स्वस्थ रखने के लिए प्राणायाम के माध्यम से रक्त का संचार सुचारू रूप से होता है, उसी ढंग से समाजरूपी शरीर को पूर्ण स्वस्थ

रखने के लिए अंतिम पंक्ति में रहे व्यक्ति को उसका समुचित लाभ मिल सके, इसके लिए अंत्योदय के लिए समाज में 'अर्थायाम' की बात कही, अर्थात् वितरण प्रणाली अंतिम व्यक्ति को लाभान्वित कर सके, यही अर्थायाम का स्वरूप होगा। तभी समाजरूपी शरीर के व्यक्तित्व का भौतिक, आत्मिक और बौद्धिक विकास हो सकेगा। अतएव व्यक्ति और समाज दोनों के बारे में समग्रता से विचार करेंगे, तभी समाज का चतुर्मुख विकास संभव है। यही एकात्म मानववाद की मूल अवधारणा है।

पंडितजी ने अपनी इस परिकल्पना को जनसंघ के ग्वालियर अधिवेशन में 10 अगस्त, 1964 को प्रस्तुत किया और इससे प्रेरणा लेकर वर्ष 1965 में 'सिद्धांत और नीति' नामक दस्तावेज के अंतर्गत पार्टी का प्रमुख लक्ष्य तय किया गया, इसके अनुसार हमारी संपूर्ण व्यवस्था का केंद्र मानव होना चाहिए और आज भी यह हमारा मुख्य ध्येय बना हुआ है।

इस उत्कृष्ट कृति के लेखक बसंत कुमार ने अपने कठिन परिश्रम से एकात्म मानववाद के समस्त पक्षों को अपनी पुस्तक में समाहित करने का प्रयास किया है। मैं उन्हें इसके लिए बधाई देता हूँ और आशा करता हूँ कि यह पुस्तक हमारी युवा पीढ़ी का मार्गदर्शन करने में सफल होगी।

मैं इस पुस्तक के प्रकाशन में लगे सभी लोगों को शुभकामना देता हूँ!

कलराज मिश्र

(कलराज मिश्र)

शान्ता कुमार
संसद सदस्य (लोक सभा)
सभापति
सरकारी उपक्रमों संबंधी समिति

147, संसद भवन
नई दिल्ली-110001
दूरभाष : 23034639
टेलीफैक्स : 23018475

भूमिका

देश को, भारतीय परिवेश के अनुरूप राजनैतिक और आर्थिक चिंतन प्रदान करने का श्रमसाध्य कार्य करने का बीड़ा उठानेवालों में पं. दीनदयाल उपाध्यायजी का नाम अंग्रणी पंक्ति में लिया जाता है।

भारतीय राजनीति में बहुत पहले से चिंतन, मनन और स्वाध्याय की परंपरा रही है। पहली पीढ़ी के बहुत से प्रमुख नेता विचारक ही नहीं थे अपितु भारतीयता के गहन चिंतक भी थे। लोकमान्य तिलक ने मांडला जेल में 'गीता रहस्य' लिखी थी। कुछ समय तक यह परंपरा चलती रही। गांधी, नेहरू और सरदार पटेल ने भी इस परंपरा को आगे बढ़ाया। बाद में राममनोहर लोहिया गहन चिंतक के रूप में उभरे। लोहिया के बाद इस परंपरा को पंडित दीनदयाल उपाध्याय ने निभाया। आज यह परंपरा बुझती नजर आ रही है। भारतीय चिंतन एकांगी न होकर पूर्णतया पर भरोसा करता है। मनुष्य को न तो केवल शरीर समझा जाता है न केवल मन और आत्मा मानव शरीर-मन एवं आत्मा का मूर्त रूप है। इसलिए हमारे देश में समग्र चिंतन की ही परंपरा रही है। विदेशी-चिंतन अधिकतर एकागी रहा। कहीं भौतिकीवाद को प्रमुख समझ लिया गया, तो कहीं किसी और पक्ष पर अधिक जोर दिया गया।

श्री दीनदयाल उपाध्याय ने भारतीय चिंतन को 'एकात्म मानववाद' के रूप में भारतीय राजनीति में अभिव्यक्त करने की कोशिश की। यह भारतीय

आवास : 23, अशोक रोड, नई दिल्ली-110001 • **दूरभाष** : 23745003, 23745005 • **टेलीफैक्स** : 23745008
यामिनी परिसर, पालमपुर-176061, **दूरभाष** : 01894-230630 • **फैक्स** : 01894-232588 • **मोबा.** : 09418030630/09013869148
ई-मेल : skyamini@gmail.com/shanta.kumar@sansad.nic.in

राजनीति में एक अत्यंत महत्त्वपूर्ण प्रयत्न था। राजनीति रूखा-सूखा मरुस्थल न बने। शरीर, मन, आत्मा और मानवीय संवेदनाओं का एक समुच्च बने। विवेकानंद के दरिद्र नारायण के विचार से प्रारंभ करके महात्मा गांधी के अंत्योदय की भावना को लेकर एकात्म मानववाद की अवधारणा की गई थी।

एकात्म मानववाद, पं. दीनदयाल उपाध्यायजी द्वारा प्रेषित विकास की भारतीय अवधारणा है। वर्तमान राजनैतिक प्रणाली को ठोस आधार प्रदान करने के लिए उसे भारतीयता के परिप्रेक्ष्य में आँकना अत्यंत आवश्यक है। तब ही हम भारतीय समाज को सुदृढ़ आधार प्रदान कर सकते हैं। एकात्म मानव दर्शन में धर्म, अर्थ, काम और मोक्ष की पूर्ति के लिए, व्यष्टि और समष्टि को शिक्षा, कर्म, योगक्षेत्र और यज्ञ के रूप में चार सूत्रों से जोड़ा गया है। यह ही विकास की भारतीय कल्पना है जो परम वैभव के रूप में मुखरित होती है। दीनदयालजी का मत था कि देश के गरीबों के दुख के आँसू दूर होंगे तो निस्संदेह देश में परम वैभव आएगा। इसके लिए अन्त्योदय की भावना से कार्य किया जाना अति आवश्यक है। दीनदयालजी की समता, उपयोग में संयम, उनकी विचारधारा का सार है।

लेखक बसंत कुमार ने 'एकात्म मानववाद' के सभी पक्षों को एक साथ प्रस्तुत कर सराहनीय प्रयास किया है।

मुझे आशा है प्रस्तुत पुस्तक भारतीय राजनीति को समझने और परखने की दिशा में महत्त्वपूर्ण मील का पत्थर साबित होगी।

(शान्ता कुमार)

प्रस्तावना

स्वतंत्रता-प्राप्ति के पश्चात् देश में राजनीतिक व बौद्धिक जगत् में पाश्चात्य सभ्यता व विचारों का प्रचलन पूरी तरह से आच्छादित हो चुका था। विश्व में दो महाशक्तियों के शीतयुद्ध के कारण पूरे विश्व की आर्थिक व राजनैतिक व्यवस्था साम्यवाद व पूँजीवाद के बीच बँटी हुई थी और भारत इससे अछूता नहीं रहा। पं. जवाहरलाल नेहरू के व्यक्तित्व पर पाश्चात्य सभ्यता का गहरा प्रभाव था और इसी कारण देश में महात्मा गांधी की भारतीय परंपरा की अवधारणा एवं उनका सामाजिक अर्थशास्त्र पूर्णरूपेण भूला दिया गया था। पाश्चात्य के अंधाधुंध अनुकरण के कारण हमारी आदिकालीन संस्कृति और मानव-मूल्यों में आस्था की हानि हो रही थी। हम लोकमान्य तिलक, महात्मा गांधी, स्वामी विवेकानंद के दिशा-निर्देशित मार्ग से भटक चुके थे। ऐसे समय में देश के राजनीतिक पटल पर पं. दीनदयाल उपाध्याय का उद्गम हुआ और उन्होंने देश को एक ऐसे दर्शन की व्यवस्था दी, जो भारतीय परंपराओं, परिस्थितियों के सदा अनुरूप था; यह दर्शन पूरे विश्व में एकात्म मानववाद के रूप में जाना गया। इस दर्शन का एकमात्र उद्देश्य मानव-कल्याण है। उन्होंने सदैव ही सांस्कृतिक राष्ट्रवाद की अवधारणा पर जोर दिया। वह एकात्मवाद की पृष्ठभूमि में पाश्चात्य देशों के व्यक्तिवाद व समाजवादी अवधारणा के विचार व सिद्धांत का मिश्रण रही है। व्यक्ति व समाज का कल्याण ही एकात्मवाद का सारांश है, यद्यपि विश्व में 90 के दशक के प्रारंभ में दो महाशक्तियों के बीच का शीतयुद्ध सोवियत यूनियन के विघटन के पश्चात् समाप्त हो गया।

साम्यवादी ब्लॉक पूरी तरह से ध्वस्त हो गया और पूरा विश्व वैश्वीकरण की ओर चल पड़ा। विकासवाद की अर्थनीति के कारण व्यक्ति प्रमुख हो गया और समाज गौण हो गया। 21वीं सदी के वैश्वीकरण के युग में व्यावसायिक प्रतिस्पर्धा, विज्ञान-तकनीक व आर्थिक विकास के अंधाधुंध अनुसरण के कारण हमारा सामाजिक ताना-बाना पूरी तरह बिखर गया है। ऐसे में पं. दीनदयाल उपाध्याय का एकात्म मानववाद बहुत ही प्रासंगिक व अपरिहार्य हो गया है। पं. दीनदयाल उपाध्याय का यह ऐतिहासिक सिद्धांत अगस्त 1964 में भारतीय जनसंघ के ग्वालियर में संपन्न अखिल भारतीय अभ्यास वर्ग में प्रस्तुत हुआ और वहीं एकात्म मानववाद के सिद्धांत व नीतियों का प्रारूप तैयार हुआ। आश्चर्यजनक रूप से उसी वर्ष 1964 में एक कार्यक्रम से Martin Luther King Jr ने कहा—

"I have the audacity to believe that peoples every where can have three meals a day for their bodies, education and culture for their minds and dignity, equality and freedom for their spirits. I believe that what self centred man have torn down men other centred can build up.... I still believe that we shall overcome. This faith can give us courage to face the uncertainties of the future. It will give our tired feet new strength as we continue our forward stride towords the city of freedom. When our days become dreary with low hovering clouds and our night becomes darker than a thousand midnights, we will know that we are living in a creative turmoil of a genuine civilisation struggling to be born." (Martin Luther King Jr, Nobel Acceptence Statement 1964) मार्टिन लूथर किंग का यह संदेश इस बात की पुष्टि करता है कि एकात्म मानववाद का दर्शन, न केवल भारतीय समाज के लिए उपयुक्त है, बल्कि यह पूरे विश्व के लिए आवश्यक है। बाद में जनवरी 1965 में जनसंघ के विजयवाड़ा सम्मेलन में इसे आधिकारिक रूप से स्वीकार किया गया। इसके अनुसार हमारी संपूर्ण व्यवस्था का केंद्र-बिंदु मानव है। और इसका कल्याण ही हमारा ध्येय है। भारतीय जनसंघ और बाद में भारतीय जनता पार्टी की विचारधारा का मुख्य आधार एकात्म मानववाद ही है। वर्ष 2000 में भारतीय जनता पार्टी की

चेन्नई घोषणा में इसकी पुष्टि करते हुए स्वीकार किया गया कि एकात्म मानववाद और गांधीवादी समाज वाद भारत की सनातन आत्मा की ही अभिव्यक्ति है। एकात्म मानववाद के दर्शन को आत्मसात किए हुए पचास वर्ष हो चुके हैं और उसकी स्वर्ण जयंती के पावन अवसर पर देश की युवा पीढ़ी को इस ऐतिहासिक दर्शन से परिचित कराने की आवश्यकता है। यह दुर्भाग्यपूर्ण है कि हमारे युवा नेता एकात्म मानववाद के विषय में न तो जानते हैं और न ही जानने का प्रयास करते हैं। राजनीति के क्षेत्र में पैसा व जातिवाद का बोलबाला इतना अधिक हो गया है कि सिद्धांत व नीतियाँ अब गौड़ हो चुकी हैं। जबकि भा.ज.पा. के शिखर पुरुष श्री लालकृष्ण आडवाणी ने राजनीति में इन दोनों तथ्यों के बढ़ते प्रभाव पर समय-समय पर चिंता व्यक्त की है। इस पुस्तक के माध्यम से पं. दीनदयाल उपाध्याय के संक्षिप्त जीवन व उनके द्वारा प्रतिपादित दर्शन एकात्म मानववाद को लोगों तक पहुँचाने का प्रयास किया गया है। उनकी असामयिक मृत्यु के पश्चात् उनके निकटस्थ सहयोगियों श्री अटल बिहारी वाजपेयी और श्री लालकृष्ण आडवाणी द्वारा एकात्म मानववाद के लक्ष्य तक पहुँचने के प्रयासों की भी जानकारी दी गई है। इसके अतिरिक्त भारतीय जनसंघ एवं भारतीय जनता पार्टी के 63 वर्ष के इतिहास का भी वर्णन किया गया है, और यह दरशाने का प्रयास किया गया है कि अटलजी और अड़वाणीजी के दरशाए मार्ग पर चलकर श्री नरेंद्र मोदी एकात्म मानव के ध्येय को साध्य करने और राष्ट्र निर्माण के लिए कृत संकल्प हैं। जिससे हमारा युवा यह जानकारी प्राप्त कर सके कि हर राष्ट्रप्रेमी के लिए पं. दीनदयाल उपाध्याय का एकात्म मानववाद अनिवार्य और अपरिहार्य है। आशा है यह कृति अपने उद्देश्य में सफल होगी।

—बसंत कुमार

basantkumar_bjp@yahoo.com

अनुक्रम

एकात्म मानववाद के जनक पं. दीनदयाल उपाध्याय (संक्षिप्त जीवन-परिचय)

स्वतंत्रता-प्राप्ति के समय समाज में राजनीति को बहुत ही सम्मान से देखा जाता था। नेताजी सुभाषचंद्र बोस के नाम के सामने 'नेताजी' का उद्‍बोधन सम्मान का प्रतीक था। परंतु बाद में राजनीति में जातिवाद, सिद्धांतहीनता, पदलोलुपता, वैमनस्यता एवं अनुशासनहीनता चारों ओर फैल रही थी और पूरा-का-पूरा राजनीतिक वातावरण दूषित हो गया। ऐसे में देश की राजनीति में पं. दीनदयाल उपाध्याय का अवतरण हुआ, जिन्होंने देश के आदि पुरुषों—शुक्र, बृहस्पति व चाणक्य की भाँति आधुनिक राजनीति को शुचिता और शुद्धता के धरातल पर खड़ा करने की प्रेरणा दी।

पं. दीनदयाल उपाध्याय का जन्म उत्तर प्रदेश के मथुरा जनपद के छोटे से गाँव नगला चंद्रभान में 25 दिसंबर, 1916 को एक मध्यवर्गीय परिवार में हुआ। दुर्भाग्य ने इस यशस्वी बालक पर तुषारापात किया और मात्र सात वर्ष की आयु में उनके माता-पिता का देहांत हो गया। मेधावी दीनदयाल ने सिविल सेवा परीक्षा में सफलता प्राप्त की, परंतु वे राष्ट्र-निर्माण की ओर अग्रसर हुए और संघ का काम करते-करते स्वयं इसका हिस्सा बन गए तथा राष्ट्रीय एकता मिशन पर चल दिए।

पं. दीनदयाल उपाध्याय बहुआयामी व्यक्तित्व के धनी थे। वे महान्

आर्थिक चिंतक, संगठक, समाज-सेवक व उच्च कोटि के साहित्यकार थे। वे सच्चे अर्थों में युग पुरुष थे और दरिद्र नारायण को अपना आराध्य मानते थे। सन् 1951 में जब डॉ. श्यामाप्रसाद मुकर्जी ने राष्ट्रीय एकता व सुरक्षा हेतु भारतीय जनसंघ की स्थापना की, उनके आग्रह पर पूज्य गुरुजी ने संघ से कुछ कार्यकर्ता भारतीय जनसंघ में भेजे, जिसमें पं. दीनदयाल उपाध्याय प्रमुख थे। वे 1967 में जनसंघ के अध्यक्ष निर्वाचित हुए। वे पार्टी के वैचारिक मार्गदर्शक और नैतिक-प्रेरणा के स्रोत थे और पार्टी को नैतिकता और आदर्शों के बल पर चलाने के पक्षधर थे।

सन् 1952 में भारतीय जनसंघ के कानपुर अधिवेशन में उन्होंने कहा था, ''भारतीय जनसंघ एक प्रकार का अलग दल है। यह किसी भी प्रकार से सत्ता में आनेवाली लालसावाले लोगों का झुंड नहीं है। जनसंघ मात्र एक राजनीतिक दल नहीं, वरन् एक राजनीतिक व सांस्कृतिक आंदोलन है।'' इसी कारण राष्ट्रीय स्वयंसेवक संघ के तत्कालीन सरकार्यवाह बालासाहेब देवरस ने पं. दीनदयाल उपाध्याय को डॉ. हेडगेवार जैसा श्रेष्ठ बताया तथा साम्यवादी नेता हीरेन मुखर्जी ने उन्हें 'अजातशत्रु' की संज्ञा दी। आचार्य जे.वी. कृपलानी ने उन्हें 'देव संपदा' की उपमा दी। उन्होंने राजनीतिक प्रतिस्पर्धा व आलोचनाओं को कभी भी व्यक्तिगत रिश्तों में आगे नहीं आने दिया। वे पंडित नेहरू की नीतियों, फैसलों के कटु आलोचक थे, परंतु देश के प्रधानमंत्री के नाते उनका बहुत ही सम्मान करते थे। लोकतंत्र की मर्यादाओं का पालन करने हेतु अपने कार्यकर्ताओं को सदा शिक्षा दिया करते थे। उनके विषय में डॉ. श्यामाप्रसाद मुकर्जी ने स्वयं कहा था, ''यदि मेरे पास दो दीनदयाल उपाध्याय होते तो मैं भारत का राजनीतिक परिदृश्य ही बदल देता।'' लेकिन डॉ. मुकर्जी यह भलीभाँति जानते थे कि दीनदयाल उपाध्याय जैसे युगपुरुष सहस्र वर्षों में एक बार जन्म लेते हैं और युग उनके द्वारा सुझाए गए मार्ग पर चलने को विवश रहता है।

उन्होंने 1960 के दशक में संघ प्रमुख पूज्य गुरु गोलवलकर के कहने पर उन्होंने जौनपुर संसदीय सीट से उपचुनाव लड़ा। उस समय जौनपुर के

राजा श्री यादवेंद्र दत्त दूबे ने उन्हें सुझाव दिया कि यह ब्राह्मण बाहुल्य सीट है और जातिवाद के हलके प्रयास से आप यह सीट जीत सकते हैं। आपको मात्र ब्राह्मणों के यहाँ एक दो सभाएँ करनी होगी। इस पर वे बोले कि भले ही मैं यहाँ का संसदीय चुनाव जीत जाऊँ, परंतु मेरा सिद्धांत सदा के लिए हार जाएगा। अर्थात् वे सच्चे अर्थों में सिद्धांतों की लड़ाई लड़नेवाले योद्धा थे।

पं. दीनदयाल उपाध्याय बहुआयामी व्यक्तित्व के धनी थे। एक लेखक के रूप में उनकी कृतियाँ आज के युग में भी बहुत प्रासंगिक हैं। समाज के लिए नैतिकता का प्रेरणास्रोत हैं। उन्होंने एक ही बैठक में 'चंद्रगुप्त' नाटक लिखा। मासिक पत्रिका 'राजधर्म' की शुरुआत भी उनके करकमलों द्वारा हुई, बाद में 'पाञ्चजन्य' (साप्ताहिक) और 'स्वदेश दैनिक' की शुरुआत की। एक लेखक के रूप में वे सदैव देश की एकता, समृद्धि, नैतिकता के पक्षधर बने रहे और जीवन के इन मूल्यों हेतु संघर्ष करते रहे। उनकी पुस्तक 'एकात्म मानववाद' में मानवजाति की मूलभूत आवश्यकताओं और राजनीतिक काररवाई हेतु वैकल्पिक संदर्भों का पूर्ण विवरण है।

उन्होंने भारत की सनातन विचारधारा को युगानुकूल रूप में प्रस्तुत करते हुए एकात्म मानवदर्शन जैसी प्रगतिशील विचारधारा दी। श्री उपाध्याय ने सदैव सांस्कृतिक राष्ट्रवाद के सिद्धांत पर जोर दिया और कहा कि संस्कृति प्रधान जीवन की यह विशेषता है कि इसमें जीवन के मौलिक तत्त्वों पर व्यक्ति स्वतंत्र रहता है। संस्कृति का विकास जीवन की मौलिक प्रवृत्ति है और इसी संस्कृति को 'धर्म' कहा जाता है। जब हम यह कहते हैं कि भारत एक धर्म प्रधान देश है तो इसका अभिप्राय इस देश में माने जानेवाले अनेक धर्मों से नहीं, अपितु भारतीय संस्कृति से है। उन्होंने संस्कृति को प्रधानता देते हुए एक सिद्धांत प्रतिपादित किया, जिसके अनुसार देश की संस्कृति ही देश की आत्मा है और यह एकात्म होती है। यह सिद्धांत 'एकात्म मानववाद' कहलाया।

बहुत कम लोगों को पता है कि पं. दीनदयाल उपाध्याय डॉ. राममनोहर लोहिया के साथ मिलकर देश के अंदर राष्ट्रवादी शक्तियों का एक मंच तैयार करना चाहते थे, क्योंकि दोनों ही नेता अंत्योदय में विश्वास करते थे और

समाज के अंतिम पायदान पर खड़े वंचित एवं निर्धन का कल्याण चाहते थे। दोनों ही तत्कालीन प्रधानमंत्री पं. जवाहरलाल नेहरू की पश्चिम देशों से प्रभावित आर्थिक नीति को भारतीय परंपरा और संस्कृति के अनुरूप नहीं मानते थे। एक बार श्री लालकृष्ण आडवाणी ने पंडितजी को अपने साथ एक सहायक रखने की सलाह दी, परंतु सादगी भरा जीवन जीनेवाले दीनदयाल उपाध्याय ने उनकी सलाह नहीं मानी और जनसंघ के केरल अधिवेशन के पश्चात् 11 फरवरी, 1968 को उ.प्र. के मुगल सराय स्टेशन के पास उनकी हत्या कर दी गई। यदि वे श्री आडवाणी की सलाह मान लेते तो वे हमारे बीच अधिक समय तक रहकर पार्टी का मार्गदर्शन करते और भारतीय राजनीति की दिशा व दशा अलग होती।

जहाँ आज के अर्थवादी युग में भ्रष्टाचार, कालाबाजारी, जातिवाद, महिलाओं के प्रति बढ़ते अपराध ने हमारे समाज व संस्कृति को छिन्न-भिन्न कर दिया है, प्रकृति के अत्यधिक दोहन से मानवता व प्रकृति दोनों ही का अस्तित्व संकट में आ गया है, ऐसे में पं. दीनदयाल उपाध्याय का एकात्म मानववाद और भी प्रासंगिक हो गया है।

□

दीनदयालजी कभी अप्रासंगिक नहीं हो सकते

पं. दीनदयाल उपाध्याय न कहीं खोए हैं और न ही अप्रासंगिक हुए हैं। विचार और विचारक की कभी मृत्यु नहीं होती। वे हमारे बीच अपनी छाया छोड़ जाते हैं और उनकी छाया सदैव अजेय-अमर होती है। अतः दीनदयालजी की वैचारिक छाया में एक नहीं, अनेक कार्यकर्ता उनके विचारों को आगे बढ़ा रहे हैं। समाज-जीवन में जब तक मनुष्य है, तब तक पं. दीनदयाल उपाध्याय अप्रासंगिक नहीं हो सकते। उनके विचार के केंद्रबिंदु में मनुष्य है, अतः मनुष्य के लिए बना विचार मनुष्य के रहते कैसे समाप्त हो जाएगा? दीनदयालजी का जीवन राजनीति में संस्कृति के राजदूत का-सा जीवन है। अगर उनका जीवन मात्र राजनीतिज्ञ का होता तो शायद यह विचार किया जा सकता था कि वे आज प्रासंगिक हैं या अप्रासंगिक! संस्कृति के कारण ही राष्ट्र की रक्षा होती है और राष्ट्र की पहचान बनती है। अतः विचारों के रूप 'संस्कृति के राजदूत' की सदैव प्रासंगिकता रहेगी ही। कई बार कहा जाता है कि जैसे कांग्रेस के लिए गांधीजी के विचार सिर्फ बयानों, पुस्तकों और दीवार पर टँगी तसवीरों तक सीमित रह गए हैं, वैसा ही कहीं दीनदयालजी के लिए भाजपा में तो नहीं है। लेकिन स्मरण रहे कि गांधीजी की कांग्रेस एक आंदोलन का नाम था। उन्होंने आजादी के बाद आंदोलनवाली कांग्रेस को समाप्त करने की बात कही थी। साथ ही यह

भी कहा था कि आंदोलनवाली कांग्रेस को कभी राजनीतिक दल नहीं बनाना। गांधीजी के आग्रह की उपेक्षा कर जिस दिन कांग्रेस को राजनीतिक दल बनाया गया, उसी दिन गांधीजी की कांग्रेस समाप्त हो गई। यह तो नेहरूजी की कांग्रेस है, अतः उनके परिवार को जिस प्रकार कांग्रेस को चलाना है, वैसे चला रहे हैं। भाजपा का कार्यकर्ता न गांधीजी को अप्रासंगिक मानता है और न ही पं. दीनदयाल उपाध्यायजी को। उस समय पं. दीनदयालजी पर बहुत दबाव थे। पर वे उस प्रवाह और दबाव के आगे अडिग खड़े रहे। उनका कहना था कि जो स्वयं अडिग खड़ा हो सकता है, वही उस प्रवाह की दिशा को बदलने का उपक्रम कर सकता है। जो स्वयं अडिग खड़ा नहीं हो सकता, वह प्रवाह को बदल भी नहीं सकता। जब दीनदयालजी जनसंघ के महामंत्री बने तो उनके मस्तिष्क में यह उद्देश्य स्पष्ट था कि उन्हें कांग्रेस का विकल्प नहीं बनना है, बल्कि उन्हें देश में राजनीति की वैकल्पिक धारा को प्रवाहित करना है। वे इसी दिशा में आगे बढ़ते गए। स्वतंत्र भारत में, विशेषकर गांधीजी के अवसान के बाद, राजनीति जिन हाथों में रही और राजनीति जिन मस्तिष्कों से संचालित हुई, वे मस्तिष्क भारतीयत्व को बहुत नहीं जानते थे। उन मस्तिष्कों का गठन और उन मस्तिष्कों का प्रशिक्षण पाश्चात्य था। वे भारत का मन नहीं समझ सके। पं. दीनदयालजी न समाजवाद के नारे से प्रभावित हुए, न कि पूँजीवाद के प्रभाव से। उन्होंने कहा, "मानव कौन है, इसकी बहस क्या भारत ने नहीं की? मैं कौन हूँ, हम कौन हैं, 'अहं ब्रह्मास्मि' आखिर किस सवाल का जवाब है?" इसलिए दीनदयालजी ने कहा, "मानव न केवल व्यक्ति है, मानव न केवल समाज है, वरन् मानव व्यक्ति और समाज की एकात्मता में से पैदा होता है। व्यक्ति और समाज को बाँट दें तो मानव मर जाता है। अस्तित्व में ही नहीं आता। व्यष्टि और समष्टि यह एकात्म इकाई है। इस एकात्म इकाई का नाम मानव है, और इसलिए मानव को सुखी करना है तो व्यक्तिवादी होकर नहीं कर सकते, क्योंकि व्यक्तिवादी समाज की उपेक्षा करता है। समाजवादी होकर भी नहीं कर सकते, क्योंकि समाजवाद व्यक्ति के व्यक्तित्व को कुचल देता है।"

उन्होंने कहा कि मानव का सुख उसकी एकात्मता के अनुसंधान में है। इसलिए हम सोचें कि इस एकात्म मानव का सुख कौन सी अर्थव्यवस्था में है? कौन सी शिक्षा-व्यवस्था में है? कौन से विधि व्याख्यानों में है? कौन सी राजनीति में है? यही कारण था कि दीनदयालजी ने 'एकात्म मानववाद' का विचार अनुप्राणित किया। भारतीय जनसंघ के इतिहास में यह ऐतिहासिक घटना 1965 के विजयवाड़ा अधिवेशन में हुई। इस अधिवेशन में उपस्थित सभी प्रतिनिधियों ने करतल-ध्वनि से 'एकात्म मानवदर्शन' को स्वीकार किया। इसकी तुलना साम्यवाद, समाजवाद, पूँजीवाद से नहीं की जा सकती। 'एकात्म मानववाद' को किसी वाद के रूप में देखना भी नहीं चाहिए। इसे हम 'एकात्म मानवदर्शन' कहें तो ज्यादा उचित होगा, किंतु आधुनिक पद के चलते यह 'एकात्म मानववाद' के रूप में प्रचलित है। स्वतंत्रता के बाद भारत के नीति-निर्धारकों ने नागरिक को मतदाता की दृष्टि से देखना शुरू कर दिया और यहीं से नीति एवं सिद्धांतों से मनुष्य ओझल होना शुरू हो गया। मनुष्य के बारे में जब हम विचार करते हैं तो स्वत: कर्तव्य का बोध होता है, परंतु जब हम मतदाता के बारे में विचार करते हैं तो कुछ प्राप्त करने का बोध होता है। इस मानसिकता ने शनैः-शनैः समाज में अविश्वास की भावना उत्पन्न कर दी। उसी का परिणाम है कि आज विचारधारा के प्रति लोग कमोबेश गैर-जिम्मेदार होते जा रहे हैं। दीनदयालजी का दर्शन भारत की प्रकृति से जुड़ा दर्शन है। अतः इस दर्शन से सभी को जुड़ना होगा। जिस दिन इस दर्शन पर समग्रता से समूचा देश विचार करेगा, उस दिन लोगों के मन में यह प्रश्न नहीं आएगा कि दीनदयालजी आज प्रासंगिक हैं या नहीं। जहाँ तक सवाल है किसी भी विचार और दर्शन पर अडिग रहने का, तो वह निर्भर करता है कि देश की परिस्थिति कैसी है, समय-काल कैसा चल रहा है? क्या देश का प्रत्येक व्यक्ति यह नहीं जानता है कि हिंदुत्व एक जीवन-पद्धति है? क्या उच्चतम न्यायालय के न्यायाधीशों द्वारा इस तरह की व्याख्या नहीं की गई है? बावजूद इसके बहुतों की पहुँच से अभी तक यह बात दूर है। समाज में सदैव परिवर्तन होता रहता है।

परिवर्तन एक प्रक्रिया है। समाज में आई गिरावट से कमोबेश सभी स्तर पर सभी लोग प्रभावित होते हैं। परंतु इसका यह अर्थ तो नहीं कि सभी लोगों का स्तर गिरा है। सकारात्मक दिशा में प्रयास सदैव करते रहने होंगे, चाहे जितना नकारात्मकतापूर्ण वातावरण हो। प्रकृति सदैव 'सकारात्मकता' के साथ जुड़ती है। किस विकलांग व्यक्ति की इच्छा नहीं होती कि वह अपने पैरों पर चले और बैसाखी छोड़ दे? वह सतत इस दिशा में प्रयत्न करता रहता है। इसी तरह भारतीय जनता पार्टी अपने वैचारिक अधिष्ठान के पुरोधा पं. दीनदयाल उपाध्याय द्वारा प्रस्तुत 'एकात्म मानव-दर्शन' की परिधि में काम करती है। कुछ निर्णयों से या कुछ राजनीतिक अनिवार्यता के कारण हमारे नेताओं को कुछ ऐसे निर्णय लेने पड़े, जिससे मन में यह विचार लगने लगा कि भाजपा पं. दीनदयाल उपाध्याय के एकात्म मानववाद के सिद्धांत/दर्शन से भटक गई है और पं. दीनदयालजी हमारे लिए अप्रासंगिक हो गए हैं, परंतु यह विचार उचित नहीं है। देश की परिस्थितियों के कारण लोकतंत्र की रक्षा के लिए आपातकाल में भारतीय जनसंघ को विसर्जित कर जनता पार्टी में विलय कर लिया। क्या यह दीनदयालजी की परंपरा का अनुकरणीय उदाहरण नहीं है। यह उन्हीं का सिद्धांत था कि देश दल से बड़ा होता है, लोकतंत्र में संविधान की सदैव रक्षा होनी चाहिए। इसी भावना के साथ उस समय यह निर्णय लिया गया। विश्व में सोवियत संघ के विघटन के बाद वैश्वीकरण का दौर चल रहा है। आर्थिक विकास के दौर में अंतरराष्ट्रीय प्रतिस्पर्धा चरम पर है, परंतु आज भी और भविष्य में भी एकात्म मानववाद का दर्शन प्रासंगिक रहेगा।

□

एकात्म मानववाद क्या है?

स्वतंत्रता-प्राप्ति के 67 वर्ष का समय बीत जाने के बावजूद देश में एक महत्त्वपूर्ण प्रश्न बना हुआ है कि देश के विकास और जीवन की रचना की दृष्टि से किस दिशा में आगे बढ़ा जाए? इस दिशा में विचार करनेवाले दो प्रकार के लोग हैं—एक तो वे हैं, जो देश में हजारों वर्षों से चली आ रही पुरातन व्यवस्था, जो पराधीन भारत के पहले विद्यमान थी, उसे पुनः अपनाया जाए और दूसरे वे, जो पश्चिम में हुए आंदोलनों से राजनीतिक व आर्थिक क्षेत्रों में जनमी धारणाओं को प्रगति का मार्ग समझकर भारत पर थोपने का प्रयास करते हैं। इन दोनों ही विचारधाराओं को सत्य मानकर चलना वर्तमान भारतीय परिप्रेक्ष्य में उचित न होगा। जैसे देश की प्राचीन सनातन विचारधारा पर लौटना वांछनीय हो न हो, असंभव अवश्य है; क्योंकि इन वर्षों में जो परिवर्तन हुए हैं, उन परिस्थितियों में विकास की गति को पीछे ले जाना संभव नहीं है।

इसी प्रकार जो लोग विदेशी जीवन व विचारों को भारत की प्रगति का आधार मानकर चलते हैं, वे यह भूल जाते हैं कि विदेशी विचार उनकी परिस्थिति व उनकी प्रवृत्ति की उपज है, वह सार्वलौकिक नहीं हो सकती। उनपर पश्चिमी संस्कृति की स्पष्ट छाप है। भारतीय दर्शन व जीवन-मूल्यों से उनका दूर-दूर का नाता नहीं है। कार्लमार्क्स का दर्शन उस समय की परिस्थितियों में एक आदर्श व्यवस्था हो सकती थी, परंतु '90 के दशक में सोवियत संघ के विघटन के बाद वह पूरे विश्व से विलुप्त होता नजर आ रहा

है। भारत में भी कम्युनिष्ट दल अपनी आर्थिक नीतियों को तिलांजलि देकर अपना अस्तित्व बचाने हेतु जुगत में लगे हैं। वे कभी छद्म धर्मनिरपेक्ष शक्तियों से समझौता करते हैं, कभी गैर-सांप्रदायिक शक्तियों को एकत्रित कर तीसरा मोरचा खड़ा करने का प्रयास करते हैं, क्योंकि वामपंथी आर्थिक नीतियाँ भारतीय परिप्रेक्ष्य में पूरी तरह से असफल हो चुकी हैं और पश्चिम बंगाल में 28 वर्षों से लगातार चली आ रही सरकार जनता ने उखाड़ फेंकी।

वर्ष 1991 के पश्चात् भारत सहित विश्व के अधिकांश देशों ने मुक्त व्यापार, निजीकरण, वैश्वीकरण और पूँजीवादी की नीति को अपनाया। परंतु क्या मानव-कल्याण की किसी वस्तु पर हमारा नियंत्रण रह गया है। अमरीका में मंदी (Recession) के चलते भारत में युवक बेरोजगार हो रहे हैं और लोग बड़े पैमाने पर आत्महत्या करने को मजबूर हो रहे हैं। जब अंतरराष्ट्रीय बाजार में कच्चे तेल की कीमतें बढ़ती हैं या डॉलर के मुकाबले रुपए की कीमतों में गिरावट होती है तो देश में खाने-पीने की वस्तुएँ लोगों की पहुँच से बाहर हो जाती हैं। कहते हैं कि भारत के आर्थिक विकास की दर में वृद्धि हो रही है, परंतु देश की 40 प्रतिशत से अधिक आबादी अभी भी घास-फूस की झोंपड़ियों में रहने को मजबूर हैं। उन्हें दो जून की रोटी नहीं मिलती, उनके बच्चे दवा के बिना एवं कुपोषण से मर जाते हैं और उनके बच्चों को शिक्षा के लिए स्कूल जाने का कोई मतलब नहीं रहता। अर्थात् भारतीय परिस्थितियों में न तो व्यक्तिवादी पूँजीवादी सिद्धांत ही अपनाया जा सकता है और न ही समाजवादी सिद्धांत ही पूरी तरह से अपनाया जा सकता है; क्योंकि ये दोनों ही सिद्धांत मानव के कल्याण को अपना साध्य नहीं मानते।

पश्चिमी देशों की राजनीति प्रजातंत्र, समाजवाद व राष्ट्रवाद के आदर्शों पर चलती है और ये देश आपस में प्रतिस्पर्धा करते रहते हैं। हाँ, विश्व शांति के लिए समय-समय पर प्रयास किए जाते हैं। इन्हीं उद्देश्यों के लिए 'लीग ऑफ नेशंस' और 'संयुक्त राष्ट्र संघ' की स्थापना हुई। परंतु ये सिद्धांत अधूरे हैं और विभिन्न समस्याओं को जन्म देनेवाले सिद्ध हुए हैं। राष्ट्रीयता की भावना होना गर्व की बात है, परंतु अंध राष्ट्रीयता दूसरे देशों की राष्ट्रीयता से

टकराकर विश्व-शांति व मानव कल्याण के लिए घातक बन जाती है, जैसा हमने दो विश्वयुद्धों में देखा है। जबकि विश्व-शांति व मानव-कल्याण हर मानव का ध्येय होना चाहिए। यद्यपि हम वैश्वीकरण के युग में जी रहे हैं, परंतु विश्व की महाशक्तियाँ विश्व-शांति के मुकाबले अपने राष्ट्रीयता के हितों को वरीयता देती हैं। अमरीका ने इराक के तेल स्रोतों पर अपना आधिपत्य स्थापित करने के लिए इराक पर आक्रमण किया, हजारों लोगों की निर्मम हत्या हुई, पर किसी भी देश ने आपत्ति नहीं की। क्या इससे विश्व-शांति स्थापित होगी? जैसे राष्ट्रीयता व विश्व-शांति के उद्देश्यों में टकराव की स्थिति रही है, उसी प्रकार समाजवादी व्यवस्था और प्रजातांत्रिक व्यवस्था में भी परस्पर विरोधाभास है। प्रजातंत्र में व्यक्ति की स्वतंत्रता व अधिकारों की व्यवस्था होती है, परंतु समाजवादी व्यवस्था में व्यक्ति के अधिकारों पर अंकुश रहता है। अर्थ का स्वामित्व राज्य (सरकार) के हाथों में होता है। प्रजातांत्रिक व्यवस्था में व्यक्ति स्वतंत्र तो है, परंतु उसका विकास पूँजीवादी व्यवस्था के रूप में हुआ, जिसकी परिणति आम व्यक्ति के शोषण और कॉरपोरेट दुनिया के केंद्रीकरण के रूप में हुई। यद्यपि पूँजीवादी व्यवस्था के शोषण व केंद्रीकरण की व्यवस्था के विकल्प के रूप में बीसवीं शताब्दी में समाजवाद आया, परंतु इसके सुनहरे सपनों ने व्यक्ति की स्वतंत्रता और गरिमा को ही नष्ट कर दिया। आज हम वैश्वीकरण को अंधाधुंध अपना रहे हैं, परंतु प्रतिस्पर्धा की यह होड़ हमें प्रकृति से कितना दूर ले जा रही है? विकास इस विधान को मानकर नहीं चल सकता। वनस्पति और प्राणी दोनों ही एक-दूसरे की आवश्यकताओं को पूरा करते हैं। हम पश्चिम की भाँति प्रकृति के दोहन (Exploitation of Natural Resources) के आधार पर बहुत लंबे समय तक जिंदा नहीं रह सकते। संसार में एकता का दर्शन कर उसके विविध रूपों के बीच परस्पर पूरकता की पहचान कर, उनमें परस्पर अनुकूलता का विकास करना तथा उसका संस्कार करना ही संस्कृति है और संसार में प्रतिकूलता का विचार ही विकृति है। राष्ट्र की संस्कृति प्रकृति की अवहेलना नहीं करती, बल्कि प्रकृति में जो भावसृष्टि है, उसको बढ़ावा देने का काम करती है।

जैसे संसार में भाई-भाई का संबंध, माँ-बेटे का संबंध, पिता-पुत्र का संबंध, भाई-बहन का संबंध—यह सब प्रकृति की देन है। इन सब प्रकार के संबंध जैसे मानव में होते हैं, उसी प्रकार पशुओं में होते हैं। यह प्रकृति की देन है। परंतु पशु बड़ा होकर इन संबंधों को भूल जाता है और बाकी संबंधों का निर्माण नहीं कर पाता है, परंतु मानव इन संबंधों को याद रखता है तथा अपने जीवन की व्यवस्था की दिशा निश्चित रखता है और इसी आधार पर वह अपने पारस्परिक संबंधों के निर्माण का प्रयत्न करता है। मानव मूल्यों तथा उसकी निष्ठाओं का निर्धारक इसी आधार पर होता है। हमारे जीवन में अच्छे-बुरे के संबंध में जो धारणाएँ निर्मित होती हैं, वे इसी आधार पर निर्मित होती हैं। यद्यपि भाई-भाई के बीच प्रेम और वैर दोनों ही मिलते हैं, परंतु हम प्रेम को सदैव अच्छा मानते हैं; क्योंकि बंधु भाव ही हमारी संस्कृति का सदैव लक्ष्य रहा है। इन्हीं रिश्तों और आदर्श जीवन के कुछ नियमों के होते राष्ट्रीय दृष्टि से हमें अपनी संस्कृति पर विचार करना आवश्यक है; क्योंकि यही हमारी अपनी संस्कृति है। दोनों ही विचारधाराएँ समाजवाद व व्यक्तिवाद पर आधारित पूँजीवाद आर्थिक पहलू की विचारधाराएँ हैं। उनमें संस्कृति से संबंध नहीं के बराबर रहा है। हम सदियों तक स्वराज के लिए संघर्ष करते रहे। यदि हम संस्कृति के विचार की तिलांजलि दे दें तो स्वराज्य की लड़ाई स्वार्थी और पदलोलुप लोगों की लड़ाई बनकर रह जाएगी। स्वराज्य उसी अवस्था में साकार और सार्थक माना जाएगा, जब वह अपनी संस्कृति की अभिव्यक्ति का साधन बन सकेगा। इस अभिव्यक्ति में ही हमारा विकास होगा और हम विश्व-शांति की ओर अग्रसर हो सकेंगे।

वास्तविक अर्थों में भारतीय संस्कृति एकात्मवादी है, क्योंकि यह मानव जीवन के संपूर्ण सृष्टि का संकलित विचार करती है। यह सभी स्वीकार करते हैं कि हमारे जीवन में अनेकता व विविधता है, किंतु इसके मूल में एकता ही श्रेष्ठ मानव-जीवन का लक्ष्य रहा है। जैसे वैज्ञानिकों ने तत्त्व (Elements) की खोज की और उन्हीं तत्त्वों से सभी वस्तुओं का अस्तित्व आया, जिनके मूल में निहित शक्ति चेतना से जगत् का निर्माण हुआ, जैसे

सभी वृक्षों के रंग, रूप और गुण में अंतर पाया जाता है, परंतु सबके मूल में उसका एक बीज और तना एकत्व का द्योतक होता है।

विविधता में एकता और एकता के विविध रूप में व्यक्तीकरण ही भारतीय संस्कृति का केंद्रस्त विचार है। डारविन के 'मात्स्य न्याय' को ही पश्चिम जगत् ने जीवन का आधार माना, यद्यपि इसका ज्ञान हमारे दार्शनिकों को भी था। मानव जीवन में काम, क्रोध आदि विकारों को हमने स्वीकार किया है। लेकिन इन सब प्रवृत्तियों को भारत में अपनी संस्कृति व शिष्टाचार का आधार नहीं बनाया गया। 'जिसकी लाठी उसी की भैंस' जंगल का विधान है, परंतु मानव-सभ्यता का विधान नीति एवं नियम है और इन्हीं नियमों को 'नीतिशास्त्र' कहते हैं। अंग्रेजी में इन्हीं नियमों को Ethics कहते हैं। यही नियम जब पूरे समाज में पालन किए जाते हैं तो उसे हम 'धर्म' कहते हैं, जैसे पिता का धर्म, पुत्र का धर्म, शिक्षक का धर्म या पत्नी का धर्म। पं. दीनदयाल उपाध्याय के शब्दों में, ''मानव जीवन को स्थिर करनेवाले मानव जीवन की धारणा करनेवाले जितने भी नियम हैं, वे सब धर्म हैं। उस धर्म का आधार लेकर हम संपूर्ण जीवन का विचार करते हैं।''

मनुष्य मन, बुद्धि, आत्मा तथा शरीर इन चारों का समुच्चय है। हम उनको टुकड़ों में बाँटकर विचार नहीं कर सकते। परंतु पश्चिम देशों में सदैव मानव जीवन को टुकड़ों में बाँटकर विचार किया—जैसे जब प्रजातंत्र के लिए राजतंत्र के विरुद्ध आंदोलन चला तो कह दिया, "Man is a political animal." अर्थात् मनुष्य एक राजनीतिक जीव है और इसलिए उसकी राजनीतिक आकांक्षा की तृप्ति होनी चाहिए। इस कारण राजा बनकर राज करने की आकांक्षा की तृप्ति हेतु सबको वोट देने का अधिकार दे दिया गया। परंतु पेट भरे या न भरे जनता के लिए इसकी चिंता किसी को नहीं थी। बस यह कहा जाता था कि चिंता क्यों करते हो? मतदान का अधिकार तो है तुमको और तुम राजा हो, राजा को तुमने बनाया है, परंतु रोटी न मिले तो कोई बात नहीं। परंतु बात तो यह थी कि हमें रोटी चाहिए। इसलिए कार्ल मार्क्स आए और उन्होंने कहा कि हाँ, रोटी सबसे प्रथम वस्तु है। संघर्ष हुआ,

बाद में मार्क्स के समर्थकों को ज्ञात हुआ कि राज (Vote का अधिकार) भी हाथ से गया और रोटी भी नहीं मिली। परंतु दूसरी ओर अमरीका है पूँजीवाद का समर्थक, सोवियत यूनियन के विघटन के पश्चात विश्व की सबसे बड़ी आर्थिक महाशक्ति। वहाँ रोटी भी है, राज भी है। इस पर भी सुख और शांति नहीं। जितनी आत्म हत्याएँ अमरीका में होती हैं और जितने लोग वहाँ मानसिक रोगों के शिकार हैं, जितने लोग वहाँ ट्रैंकिविलाइजर खाकर सोने का प्रयास करते हैं, उतने विश्व में कहीं नहीं। पति–पत्नी के रिश्तों के विषय में आप कुछ कह ही नहीं सकते, वहाँ हर तीसरे परिवार का तलाक का मुकदमा कोर्ट में है। अर्थात् उनके पास रोटी भी है, राज भी है, परंतु नींद उड़ी हुई है।

हमारी संस्कृति में इस बात का पूरा विचार किया गया है। मानव प्रगति का अर्थ, शरीर, मन, बुद्धि व आत्मा इन चारों की प्रगति है। हमारी संस्कृति में चारों ही पुरुषार्थ आवश्यक हैं। हम आत्मा की चिंता करते हुए शरीर को नहीं भूलते। उपनिषद् में स्पष्ट कहा गया है कि ''नाडयमात्मा बलहीनेन लभ्य:'' अर्थात् दुर्बल व्यक्ति आत्मा का साक्षात्कार नहीं कर सकता। इसी प्रकार दूसरी शक्ति है कि 'शरीर माथं खलुं धर्म साधनम्' अर्थात् शरीर धर्म का प्रथम साधन है। परंतु पाश्चात्य के लोगों ने शरीर को साध्य माना है, जबकि हमने शरीर को साधन माना है। जितनी भौतिक आवश्यकताएँ हैं, उनकी पूर्ति महत्त्वपूर्ण है, परंतु वे सर्वस्व नहीं हैं। मनुष्य के शरीर, मन, बुद्धि और आत्मा की आवश्यकताओं की पूर्ति उसकी विविध कामनाओं, इच्छाओं एवं एषणाओं की संतुष्टि और उसके सर्वांगींण विकास की दृष्टि से व्यक्ति के सामने कर्तव्य रूप में चतुर्विध पुरुषार्थ की कल्पना की गई है, जिसके अनुसार धर्म, अर्थ, काम और मोक्ष चार पुरुषार्थ हैं। पुरुषार्थ का अर्थ उन कामों से है, जिनसे पुरुषत्व सार्थक हो। धर्म, अर्थ, काम और मोक्ष की कामना मनुष्य में स्वाभाविक होती है और उनके पालन में हमें आनंद प्राप्त होता है। यद्यपि मोक्ष–प्राप्ति को परम पुरुषार्थ माना गया है, परंतु उसको अकेले प्राप्त करने के प्रयत्न से मनुष्य का कल्याण नहीं हो सकता। इसके

विपरीत शेष पुरुषार्थों को लोक-संग्रह के विचार से निष्काम भाव से करनेवाला व्यक्ति कर्म बंधन से मुक्त होकर मोक्ष प्राप्त करता है। अर्थ के अंतर्गत राजनीति और अर्थनीति का समावेश होता है। काम का अर्थ मानव की विभिन्न कामनाओं की पूर्ति से है। धर्म में उन सभी नियमों, व्यवस्थाओं, आचरण-संहिताओं तथा मूलभूत सिद्धांतों का अंतर्भाव होता है, जिससे अर्थ, काम एवं मोक्ष की सिद्धि हो।

धर्म हमारा आधारभूत पुरुषार्थ है और अन्य तीनों अन्योनाश्रित तथा एक-दूसरे के पूरक एवं पोषक हैं। साधन के रूप में धर्म को मानना परम आवश्यक है। अमरीका के लोग कहते हैं कि 'Honesty is the best business policy' अर्थात् व्यापार के मामले में सत्यनिष्ठा सर्वश्रेष्ठ नीति है। यूरोप के लोगों ने कहा कि 'Honesty is the best policy' अर्थात् सत्यनिष्ठा सर्वश्रेष्ठ नीति है। भारत में कहा जाता है कि 'Honesty is not a policy but principal' अर्थात् सत्यनिष्ठा नीति नहीं, अपितु सिद्धांत है।

धर्म महत्त्वपूर्ण है, परंतु अर्थ के अभाव में धर्म का पालन भी नहीं हो सकता। अर्थ के अभाव के समान ही अर्थ का प्रभाव भी धर्म के लिए घातक होता है। जब व्यक्ति और समाज में अर्थ साधन न रहकर साध्य बन जाए, वहाँ धर्म की हानि होती है। अर्थ के अंतर्गत दंडनीति भी आती है। उसका भी अधिक प्रभाव धर्म के लिए हानिकारक होता है।

पंडितजी ने अपने एकात्म मानववाद दर्शन में व्यक्ति के जीवन में पूर्णता के साथ-साथ संकलित विचार किया है। उसकी सभी भूख को मिटाने की चेष्टा की है। किंतु यह ध्यान रखा है कि एक भूख को मिटाने के प्रयत्न में दूसरी भूख न पैदा कर दे अथवा दूसरे की भूख मिटाने का मार्ग बंद न कर दे। इस हेतु चारों पुरुषार्थों का संकलित विचार हुआ है। यह पूर्ण मानव के एकात्म मानव की कल्पना है, जो हमारा आराध्य तथा हमारी आराधना का साधन, दोनों ही हैं।

□

एकात्म मानववाद एवं आर्थिक विकास

वैश्वीकरण के आज के युग में पूरा अर्थतंत्र आर्थिक विकास की धारणा के इर्द-गिर्द घूम रहा है और स्वदेशी जो गांधीजी द्वारा देश के विकास का मुख्य औजार माना गया था, आज उन्हें रास्ते में भटकाता हुआ लग रहा है, जबकि एकात्म मानववाद में स्वदेशी धारणा बहुत ही अभूतपूर्व है। राष्ट्रीय स्वयंसेवक संघ के सरसंघचालक पूज्य गुरु गोलवलकर ने 1970 में स्वदेशी के अंतर्गत दो अवधारणाओं— आत्मनिर्भरता व विकेंद्रीकरण भारत की आर्थिक नीतियों के लिए उपयुक्त बताया था। उन्होंने इस बात पर जोर दिया था कि देश की आर्थिक नीतियाँ हमारे राष्ट्र के प्राचीन व सनातन आध्यात्मिक मूल्यों के साथ संगत होनी चाहिए। यही विचार पं. दीनदयाल उपाध्याय ने अपने शोध व अध्ययन से एकात्म मानववाद के रूप में विकसित किया।

20वीं शताब्दी में विश्व में कहीं पर पूँजीवादी और कहीं पर साम्यवादी-प्रणाली अपनाई गई, परंतु ये दोनों ही प्रणालियाँ आम आदमी के पूर्ण व्यक्तित्व के विकास और उसकी आकांक्षाओं को पूर्ण करने में विफल रही हैं। पूँजीवादी प्रणाली मात्र स्वार्थ, पैसे (भौतिकवाद) के पीछे भाग रही है और इस प्रणाली में बस एक चीज है—प्रतिस्पर्धा। जबकि साम्यवादी व्यवस्था की पूरी योजना कठोर नियमों द्वारा विनियमित है और इसमें व्यक्ति का कोई महत्त्व नहीं होता। इस प्रणाली में मानव एक कमजोर, बेजान और कुछ भी करने में असमर्थ है। सत्ता का केंद्रीकरण दोनों में ही निहित है। दोनों ही प्रणालियों ने मानवता के

साथ खिलवाड़ किया है।

(इंटीग्रल ह्यूमनिष्म नवचेतन प्रेस पृ. 76)

पं. दीनदयाल उपाध्याय ने समाजवाद को भी खारिज किया है। उनके शब्दों में, ''व्यक्ति की आवश्यकताओं और मान्यताओं का समाजवादी प्रणाली में उतना ही महत्त्व है, जो जेल मैनुअल में होता है। गुरुजी के विचारों को ध्यान में रखते हुए कि वर्ग-संघर्ष का विचार, जो समाजवाद में सन्निहित है, मानव विरोधी है। वास्तव में समाजवादी अवधारणा न केवल सर्वहारा वर्ग की तानाशाही है, बल्कि एक तानाशाह पार्टी के तानाशाह की तानाशाही है।''

पंडितजी ने अपने अभिन्न दृष्टिकोण द्वारा आर्थिक उन्नति की दिशा में अग्रसर होने में नई दिशा प्रदान की है। अर्थात् आर्थिक व्यवहार को आध्यात्मिक मूल्यों के साथ समावेश करने से एक खुशहाल समाज का निर्माण होता है। एकात्म मानववाद की अवधारणा में देश की आर्थिक नीति-निर्धारण में निम्नलिखित कदम उठाए जाने चाहिए—

1. आर्थिक नीति की संरचना—पाँच आयामी ढाँचे में आर्थिक नीति की संरचना निम्नलिखित प्रकार से हैं— (i) उद्‌देश्य, (ii) प्राथमिकताएँ, (iii) रणनीति, (iv) संसाधन जुटाने के उपाय, (v) संस्थागत वास्तुकला।

सिद्धांत रूप में साम्यवादी लक्ष्य के रूप में राज्य के लिए अधिकतम उत्पादन करता है। जबकि पूँजीवाद मानता है कि निर्माता के लिए अधिकतम उत्पादन लाभप्राप्ति, योग्य से योग्यतम का बचे रहना और कार्यकर्ता द्वारा भौतिक वस्तुओं की ज्यादा खपत प्रोत्साहित करती है। समाजवादी व्यवस्था में नागरिकों के कल्याण के लिए राज्य बीमारी, मृत्यु, बेरोजगारी के जोखिम पर सुरक्षा की गारंटी देता है। यद्यपि यह गारंटी कभी भी व्यावहारिक रूप से नहीं देखी गई।

पं. दीनदयाल के अनुसार ये सभी लक्ष्य पूरी तरह भौतिकवादी हैं और मानव विकास के रास्ते में रुकावट हैं। मानव विकास को समग्रता और पूर्णता में देखा जाना चाहिए। इसीलिए पं. दीनदयालजी ने एकात्म मानववाद में

आर्थिक नीति के प्राथमिक लक्ष्य के रूप में भौतिकवादी लक्ष्यों को आध्यात्मिक अनिवार्यताओं के साथ मिश्रित करने पर जोर दिया, अर्थात् एकात्म मानववाद के आर्थिक परिप्रेक्ष्य में पूँजीवाद, समाजवाद और साम्यवाद अलग हैं। पं. दीनदयाल उपाध्याय के शब्दों में, ''पूँजीवाद और साम्यवाद, ये दोनों प्रणालियाँ एकात्म मानव के स्वरूप को सही तरह से उसके संपूर्ण व्यक्तित्व को और आकांक्षाओं की समीक्षा/जानने में विफल रही हैं। पूँजीवाद मात्र स्वार्थी और पैसे के पीछे भागनेवाली, जो केवल एक जंगल का भयंकर प्रतिस्पर्धा का कानून जानता है, जबकि साम्यवाद मनुष्य को एक कमजोर बेजान दाँत के रूप में तुच्छ भोग की वस्तु मानता है। दोनों ही अवस्थाओं में सत्ता का केंद्रीकरण आर्थिक और राजनैतिक निहित है। दोनों ही प्रणालियों में मानव का शोषण परिणाम है।''

पं. दीनदयाल उपाध्यायजी को 1965 के शुरुआती दिनों में ही कम्युनिष्ट अध: पतन की जानकारी हो गई थी। वैसे भी जो प्रणाली मानव की प्रधानता स्वीकार नहीं करती, अंत में पतन की ओर अग्रसर होती है।

पूज्य गुरुजी ने बहुत पहले ही स्वावलंबन व आत्मपूर्ति के अंतर को स्पष्ट करते हुए कहा था कि हमें स्वयं के संसाधनों पर निर्भर करना चाहिए, यानी अगर किसी वस्तु की कमी है तो हमें निर्यात से कमाई हुई विदेशी मुद्रा से उसे आयात करें। इसका तात्पर्य है कि हमें अपने संसाधनों पर निर्भर रहना चाहिए। आत्मपूर्ति की अवस्था में अपने देश में पर्याप्त मात्रा में उत्पादन हो, हमें किसी प्रकार की कमी न हो। आज हम पाते हैं कि भारत खाद्य आत्मनिर्भरता से हटकर फिर से आयात पर निर्भर हो गया है। किसान आत्महत्या कर रहे हैं, कृषि-भूमि रसायन और विदेशी बीजों के प्रयोग से कम उत्पादक एवं बंजर हो गई है। गुरुजी ने उस समय चेतावनी दी थी कि हमें अपनी आर्थिक नीति को खाद्य-पदार्थों के उत्पादन के उद्देश्यों को पूरा करने के लिए व आत्मनिर्भरता की ओर बढ़ने के लिए जैविक-खेती, त्रन ऊर्जा और सरकारी प्रयास के रूप में पर्यावरण के अनुकूल माध्यम से करनी चाहिए।

वास्तव में एकात्म मानववाद का आर्थिक परिप्रेक्ष्य मौलिक है और

अन्य विचारधाराओं से अलग है। जहाँ साम्यवाद में वर्ग-संघर्ष विनाश और वहीं पूँजीवाद में योग्यतम व्यक्ति भयंकर प्रतिस्पर्धा में रहकर अन्य प्रतिद्वंद्वियों के विनाश में लीन रहता है।

यदि हम अपनी पुरानी अर्थ नीति का अध्ययन करें तो पाएँगे कि हमने 1947 से 1991 के बीच सोवियत संघ आर्थिक मॉडल या Mixed Economy को अपनाया और भारत में सोवियत आर्थिक नीति के अंतर्गत ब्रिटिश साम्राज्यवादी शासन की तुलना में उच्च घरेलू उत्पाद की विकास दर हासिल की। परंतु यह दर मात्र 3.5% रही। 1980-90 में बढ़कर 5.6% हो गई और 1998-2003 में 6% हो गई।

सन् 1947 से 1991 तक भारतीय अर्थव्यवस्था 4% औसत की दर से बढ़ी। जबकि इसी अवधि में अलग रणनीति अपनानेवाले देशों ने 10 से 12 प्रतिशत विकास दर हासिल की। उदाहरण के लिए, दक्षिण कोरिया में 1962 में प्रति व्यक्ति आय 82 डॉलर थी, जबकि भारत में 70 डॉलर थी। आज दक्षिण कोरिया की प्रति व्यक्ति आय भारत के वर्तमान स्तर की 11 गुना है। जबकि हम दुनिया की तीसरी सबसे बड़ी इंजीनियरिंग और वैज्ञानिक मानव-शक्ति हैं।

गाय हमारी अर्थव्यवस्था की अहम कड़ी है। गाय के दैवीय गुणों की पुष्टि कौटिल्य ने अपने 'अर्थशास्त्र' में की। देश के ग्रामीण आर्थिक विकास के लिए गाय पर आधारित उद्योगों की स्थापना की जानी चाहिए। इसलिए देश में एक नई ऊर्जा के साथ गौ-पुनर्जागरण करना आवश्यक है। 'ऋग्वेद' में भी गाय को देवत्व का स्थान दिया गया है। देश में हजारों स्थान गौ-माता के नाम से जुड़े हुए हैं। गौहाटी, गोरखपुर, गोवा, गोधरा, गोंडिव, गोदावरी, गोवर्धन, गौमुख, गोकर्ण, गोच्छड़ इत्यादि। पवित्र गोवर्धन पर्वत की लघु प्रतिकृति गोबर से बनाई जाती है और जिसकी पूजा की जाती है। देवी दुर्गा की नौ अभिव्यक्तियों में से दो शैलपुत्री और गौरी का वाहन भी गाय है।

वर्ष 2003 में, पशुओं पर न्यायमूर्ति जी.एम. लोढ़ा की अध्यक्षता में राष्ट्रीय आयोग ने सरकार को अपनी रिपोर्ट प्रस्तुत की। रिपोर्ट में गाय और उसकी

संतान की रक्षा तथा भारत की ग्रामीण अर्थव्यवस्था के हित में कड़े कानूनों के गठन की आवश्यकता पर जोर दिया है। यह राज्य के नीति निदेशक सिद्धांतों के तहत एक संवैधानिक आवश्यकता है। संविधान के अनुच्छेद 48 के अनुसार, राज्य के कृषि और पशुपालन को आधुनिक एवं वैज्ञानिक तर्ज पर व्यवस्थित करना चाहिए, विशेष रूप से पशु संरक्षण नस्लों में सुधार, गायों-बछड़ों व बोझ ढोनेवाले पशुओं की हत्या पर प्रतिबंध लगाने के लिए कठोर कदम उठाने होंगे। वर्ष 1958 में सुप्रीम कोर्ट की 5 सदस्यीय संवैधानिक पीठ ने अनुच्छेद 48 द्वारा प्रदत्त अधिकारों के अंतर्गत गौहत्या पर प्रतिबंध सही ठहराया (1959, 629 SCR)।

दूध के अलावा गाय का गोबर एंटी-सैप्टिक तत्त्वों के लिए जाना जाता है। गाँव के उपले गाँवों में ईंधन के लिए आज भी उपयोग में लाए जाते हैं। गोबर कंपोस्ट खाद, गोबरगैस के माध्यम से बिजली के उत्पादन में प्रयोग किया जाता है, जो पर्यावरण के अनुकूल है। इसी कारण महात्मा गांधी ने कहा था कि गौरक्षा स्वराज से भी अधिक महत्त्वपूर्ण है। गाय के मूत्र से अनेक औषधियों का निर्माण होता है, जिसमें कैंसर विरोधी, जीवाणु विरोधी, एंटी फंगल, एंटी ऑक्सीडेंट, इम्यून मॉड्यूलेटर प्रमुख हैं।

आज भी देश के 75% गाँवों में लोग गाय और बैलों से अपनी आर्थिक गतिविधियाँ चला रहे हैं। आधुनिकता की मजबूरियों के बावजूद ट्रैक्टर छोटे खेतों के लिए उपयुक्त नहीं है। अमरीका में प्रत्येक व्यक्ति के लिए उपलब्ध भूमि 14 एकड़ के आसपास है, जो भारत में मात्र 0.70 एकड़ है। ट्रैक्टर डीजल की खपत के साथ-साथ प्रदूषण बढ़ाता है। इसीलिए अल्बर्ट आइंस्टाइन ने सर सी.वी. रमन को एक पत्र के माध्यम से कहा, "भारत के लोगों को बताएँ, अगर वे जीवित रहना चाहते हैं और दुनिया को जीवित रहने का मार्ग दिखाना चाहते हैं तो वे ट्रैक्टर को भूल जाएँ तथा प्राचीन परंपरा को अपनाएँ एवं जुताई बैलों से करें।"

—(हिंदुत्व व राष्ट्रीय पुनरुत्थान पृ. 191)

अर्थात् एकात्म मानववाद दर्शन के अनुसार, जो अंत्योदय के सिद्धांत पर आधारित हो, जिससे मानव-कल्याण, देश की सनातन मान्यताओं और परंपराओं का अनुपालन हो, वही आदर्श व्यवस्था है। परंतु ग्रामीण भारत में स्थिति बड़ी विकट हो चुकी है। आज गाँव में किसी के पास इतना समय नहीं है कि हालचाल जानने के अलावा कुछ बात भी हो सके। पहले वहाँ शाम के समय एक घर में मिट्टी का चूल्हा उपले से जलता और उसी आग से गाँव के दूसरे घरों में आग जलती थी। माचिस और लाइटर पर पैसे खर्च नहीं किए जाते थे। महिलाएँ शाम को लोहेवाली पत्तर की प्लेट लेकर आतीं, कुछ देर आँगन में बैठतीं और पूरे गाँव का हाल-चाल ले लेतीं उसके बाद पत्तर पर आग लेकर जातीं और इसी आग से उनके चूल्हे की आग जलती। यह आग लोगों को जोड़ने का एक नेटवर्क था। आग लेना तो मात्र बहाना होता था। इसके पीछे मंशा बातचीत और खैरियत की होती थी। किसी को चाय पीनी होती थी तो कोई बच्चा गिलास लेकर दूध लेने या फिर चाय-पत्ती माँगने चला आता था। पूछने पर पता चलता था कि कोई रिश्तेदार आए हैं। परंतु अब स्थिति बदल गई है। लोगों की आमदनी पहले से ज्यादा हो गई है, एक-दूसरे से मदद लेना अब शान के खिलाफ हो गया है। चूल्हों की जगह गैस के चूल्हे व स्टोव ने ले ली है। संपन्नता तो दिखती है, परंतु आपसी मेल-जोल व आग का नेटवर्क गायब हो गया है, जो भारत की ग्रामीण संस्कृति का अंग हुआ करता था। इस संपन्नता ने लोगों को एकजुट नहीं रहने दिया। ठीक इसी प्रकार जब कोई मैट्रिक परीक्षा में अच्छे अंक प्राप्त करता था तो नाम पेपर में निकलता था और पूरे गाँव में मिठाई बँटती थी तथा लोग खुशी मनाते थे। आज हम छोटे से ड्राइंग रूम में अपनी खुशियाँ सेलिब्रेट करते हैं। पहले हमारे पास सामाजिक मूल्य होते थे, अब हम अपनी संपन्नता का दंभ भरते हैं और गाँवों में भी आत्मीयता खत्म हो रही है, जबकि पंडितजी के अनुसार हमारी संपन्नता व सुख की गारंटी हमारी ग्रामीण अर्थव्यवस्था है।

□

एकात्म मानववाद एवं दलित समाज

कुछ दलित चिंतक व छद्म धर्मनिरपेक्षता के समर्थक प्रायः यह आरोप लगाते हैं कि एकात्म मानववाद दर्शन में दलितों के लिए कुछ भी नहीं है, जबकि ऐसा नहीं है, वास्तव में ये राष्ट्र–विरोधी लोग दलित समाज को दिग्भ्रमित करने का प्रयास करते हैं। यदि हम हिंदू संस्कृति के विकास पर नजर डालें तो पाते हैं कि यह विभिन्न कालखंडों में बुद्धिजीवियों द्वारा लिये गए ग्रंथों में उल्लिखित सिद्धांतों परंपराओं व पद्धतियों द्वारा स्थापित की गई हैं और इसमें दलितों ने अमूल्य योगदान दिया है।

पूरे हिंदू समाज का सर्वमान्य ग्रंथ 'वाल्मीकि रामायण' है, जिसमें मर्यादा पुरुषोत्तम राम के आदर्श जीवन में विभिन्न कांडों में बाँटा गया है। इस ग्रंथ में जातिवाद का कोई भी उल्लेख नहीं है। इस ग्रंथ की रचना महर्षि वाल्मीकि ने की, जोकि शूद्र थे। भारतीय समाज का दूसरा सर्वमान्य ग्रंथ महाभारत है और यह तथ्य निर्विवाद है कि इसके रचयिता वेद व्यास भी शूद्र थे। दासीपुत्र विदुर की बुद्धिमत्ता व उच्च आदर्शों को आज भी याद किया जाता है। हिंदू समाज में एक अन्य सर्वमान्य ग्रंथ 'भगवद्गीता' है। हिंदुस्तान के प्रत्येक घर में 'भगवद्गीता' पूजनीय है। इसके द्वारा स्थापित आदर्श प्रत्येक हिंदू परिवार के लिए अनुकरणीय है। इसमें निहित निष्काम कर्म का उपदेश आज भी प्रासंगिक है। 'भगवद्गीता' भगवान् श्रीकृष्ण के उपदेशों का संग्रह है, जो उन्होंने अर्जुन को कुरुक्षेत्र के युद्ध के दौरान दिए थे। भगवान् कृष्ण भी जाति

से ब्राह्मण नहीं थे, अर्थात् इन ग्रंथों का लेखन किसी ब्राह्मण के द्वारा नहीं किया गया। सार यह है कि प्राचीनकाल में शूद्र भी समाज के विकास में बराबर के भागीदार रहे। भारत में मध्यकाल में मुसलिम शासकों के आक्रमण हुए। जहाँ मुहम्मद गजनी ने लूटपाट के इरादे से भारत पर आक्रमण किया, वहीं मुहम्मद गोरी ने दिल्ली के शासक पृथ्वीराज चौहान को हराकर यहाँ पर गुलाम वंश की स्थापना की और दिल्ली में इल्तुतमिश, कुतुबुद्दीन ऐबक आदि की शासन-शृंखला प्रारंभ हो गई। इनके द्वारा हिंदुओं को अपनी रक्षा व धर्मांतरण से बचने के लिए जजिया नामक कर देना पड़ता था। जिन हिंदुओं ने जजिया कर देने से मना कर दिया, उन्हें या तो मुसलमान बनने पर मजबूर कर दिया या उन्हें भारी यातनाएँ दी गईं, मैला ढोने के लिए मजबूर कर दिया गया तथा मरे हुए जानवर खाने को विवश किया गया, और ये घृणित हो गए। इस कालखंड में हिंदुओं द्वारा भी जो ग्रंथ लिखे गए, उनमें शूद्रों के प्रति घृणा देखने को मिलती है। गोस्वामी तुलसीदास ने भी 'रामचरित मानस' में लिखा—

'शूद्र गँवार ढोर पशु नारी, ये सब ताड़न के अधिकारी।' अन्यत्र तुलसीदास लिखते हैं—

पूजहिं विप्र सकल गुण हीना,
निदंहि शूद्र गुण ज्ञान प्रवीणां

जबकि इस तरह के भाव न तो वाल्मीकि रामायण में है, न ही महाभारत में या गीता में ही मिलते हैं। 'भगवद्गीता' में चार वर्णों का वर्णन मिलता है, लेकिन इन वर्णों के गुण और कर्मों के आधार पर विभाजित किया गया है। जन्म के आधार पर वर्णों का वर्गीकरण सर्वथा अनुचित है। प्रसिद्ध हिंदू व राष्ट्रवादी विचारक डॉ. सुब्रमण्यम स्वामी ने भी अपनी पुस्तक हिंदुत्व व राष्ट्रीय पुनरुत्थान में इसका वर्णन किया है। उनके अनुसार—

"भारत में इसलामिक साम्राज्यवादियों के सामने हिंदुओं को धिम्मी माने जाने के सामाजिक परिणाम भी थे। प्रतिकार करनेवाले ब्राह्मण, क्षत्रिय, जिन्होंने इसलाम स्वीकार नहीं किया, दुर्व्यवहार का शिकार होना पड़ा। यहाँ तक कि उन्हें सिर पर मैला ढोने पर मजबूर किया गया.......

"हिंदू समाज का भी उसी समय नैतिक पतन हो गया। जिन बहादुर ब्राह्मणों व क्षत्रियों के प्रतिकार करने पर मैला ढोना पड़ा, उन्हें अन्य हिंदुओं ने अस्पृश्य घोषित कर दिया। जब इसलाम भारत में आया तो दलितों की संख्या मात्र 1 प्रतिशत थी, जो बढ़कर 14 प्रतिशत हो गई, जब मुगल साम्राज्य का अंत हुआ। स्पष्ट है कि आज दलित वर्ग वही है, जिनके बहादुर पूर्वजों ने यातनाएँ सहन कीं, पर इसलाम स्वीकार नहीं किया, भले ही उन्हें समाज से बहिष्कृत कर दिया गया। हिंदू समाज को वस्तुतः ऐसे समुदाय को कोटि-कोटि प्रणाम करना चाहिए, जिन्होंने संघर्ष करते हुए भगवा-ध्वज को ऊँचा रखा तथा झुकने नहीं दिया, भले ही निजी स्तर पर उन्हें इसके लिए बहुत बड़ी कीमत चुकानी पड़ी।"

—(हिंदुत्व व राष्ट्रीय पुनरुत्थान, प्रभात प्रकाशन, पृष्ठ.सं. 171)

एक अन्य स्थान पर इन सुब्रमण्यम स्वामी स्वीकारते हैं कि हिंदू धर्म में वर्ण का आधार जन्म नहीं है, इसलिए किसी को इस आधार पर कि मैं ब्राह्मण कुल में जन्मा हूँ, क्षत्रिय कुल में जन्मा हूँ, या वैश्य कुल मे जन्मा हूँ, इसलिए श्रेष्ठ हूँ।

उनके अनुसार—

"जन्म आधारित सामाजिक संरचना किसी भी धर्मशास्त्र के अनुसार नहीं है। हिंदू ग्रंथों में वर्ण का आधार जन्म नहीं है। यह एक कर्म पर आधारित चयनित वैकल्पिक रूप है, जो व्यक्ति अपने अनुसार चुन सकता है, यदि वह वर्ण के अनुशासन को स्वीकारता है। वर्ण-व्यवस्था का वर्तमान स्वरूप अ-हिंदू है। विराट् हिंदू एकता के लिए राष्ट्र-हित में इस बोझ को यथाशीघ्र त्याग देना ही श्रेयष्कर होगा।"

—(हिंदुत्व एवं राष्ट्रीय पुनरुत्थान, प्रभात प्रकाशन, पृष्ठ सं. 83)

इसी प्रकार जातिवाद का विरोध करते हुए 1952 में गुरुकुल काँगड़ी विद्यालय के दीक्षांत समारोह में बोलते हुए हिंदूवादी विचारक व विद्वान् डॉ. श्यामाप्रसाद मुकर्जी ने कहा, "ब्रिटिश राज द्वारा भारतीयों के लिए खुलने पर

हम अप्रसन्न नहीं हैं। हमें तो इस बात का दु:ख है कि यह शिक्षा हमें अपनी महान् सांस्कृतिक धरोहर व ज्ञान का दमन करने जा रही है। हमें युवा भारतीय छात्रों के दिलों में अपनी राष्ट्रीय परंपरा व विरासत के बारे में एक गर्व पैदा करना चाहिए। हमें ऐसी चेतना जाग्रत् करनी चाहिए, जिससे वे जाति व समुदाय से ऊपर उठकर जीना सीखें।''

—(*हिंदुत्व व राष्ट्रीय पुनरुत्थान, प्रभात प्रकाशन, पृष्ठ सं. 119*)

''भारत में इसलामिक साम्राज्यवादियों के साम्राज्य स्थापित होने के कारण ही दलितों पर अमानवीय अत्याचार हुए और उन्हें घृणा की दृष्टि से देखा जाने लगा। एकात्म मानववाद में अंत्योदय की परिकल्पना की गई है और एकात्म मानववाद का लक्ष्य जाति व संप्रदाय से ऊपर एक ऐसे समाज की स्थापना है, जिसमें कोई भी वंचित न रहे।

परंतु देश में कुछ समाजवादी हैं, जो डॉ. राममनोहर लोहिया, आचार्य नरेंद्र देव, जननायक कर्पूरी ठाकुर के नाम पर राजनीति करनेवाले दलितों के विकास को दक्षता (Effeciency) से जोड़ देते हैं। वर्ष 2013 में संसद् में अनुसूचित जाति एवं जनजाति आरक्षण बिल पर बहस हो रही थी तो स.पा. नेता श्री मुलायम सिंह ने अपने पूरे दल के साथ बिल का इस आधार पर विरोध किया कि इस बिल के पास हो जाने से प्रशासन की दक्षता में असर पड़ेगा और हमें काबिल ऑफिसर नहीं मिलेंगे। मा. मुलायम सिंह यह कैसे भूल गए कि उ.प्र. से स.पा. के सभी सांसद उनके परिवार से हैं, प्रदेश में मुख्यमंत्री उनके बेटे हैं और प्रदेश के सबसे महत्त्वपूर्ण मंत्री उनके भाई हैं? ऐसे लोग यह भूल जाते हैं कि दलितों को जो भी उत्तरदायित्व दिया गया है, उन्होंने अपने आप को साबित किया है। संविधान की Drafting Committee के चैयरमैन के रूप में डॉ. अंबेडकर ने एक ऐसा संविधान दिया, जो विश्व के सर्वोत्तम संविधानों में एक है। इसी प्रकार भक्तिकाल में जब समाज में अनेक बुराइयाँ अपनी जड़ जमा चुकी थीं, जाति से चमार संत रविदास ने समाज को नई दिशा दी, जिनको मीराबाई सहित अनेक सवर्ण संतों ने अपना

गुरु माना। आजादी के पश्चात् देश में लोकतांत्रिक सरकार बनी और संभवत: देश के सबसे सफल मंत्री बाबू जगजीवन राम थे, जोकि चमार जाति से थे। मुलायम सिंहजी के प्रदेश उ.प्र. में वर्ष 2007 में जो सरकार थी, वह प्रशासन की दृष्टि से प्रदेश की वर्तमान सरकार से बहुत अच्छी थी और उसकी नेता सुश्री मायावती भी दलित हैं। इसलिए यह पूर्वग्रह छोड़ने की आवश्यकता है कि प्रशासन में दलितों की भागीदारी से प्रशासन की क्षमता प्रभावित होगी। इस समय की आवश्यकता है कि पूर्वग्रह छोड़कर दलितों को राष्ट्र की मुख्यधारा में शामिल किया जाए और यही एकात्म मानववादी दर्शन का लक्ष्य है।

गोरक्ष पीठाधीश, गोरखपुर के महंत आदित्यनाथजी ने भी राष्ट्रीय पुनर्जागरण के लिए छुआछूत और ऊँच-नीच की प्रवृत्ति को विसर्जित कर सामाजिक एकीकरण का मार्ग प्रशस्त करने का सुझाव दिया है। उनके शब्दों में—

"हिंदुत्व राष्ट्रीय पुनर्जागरण के लिए एक सर्वसमावेशी आंदोलन की आवश्यकता है, जिसका लक्ष्य है छुआछूत, जातिवाद, दहेज तथा वर्ग-भेद की कुरीतियों को दूर करना·······

"एक ही समाज में जन्म के आधार पर छुआछूत, ऊँच-नीच के भेदभाव विघटनकारी नीति को विसर्जित कर सामाजिक एकीकरण का मार्ग प्रशस्त कर, विराट् हिंदू समाज को समरस सामंजस्यपूर्ण जीवन प्रदान कर सर्वांगपूर्ण और सुदृढ़ करना होगा।"

—(हिंदुत्व एक जीवन शैली, प्रभात प्रकाशन, पृष्ठ सं. 92)

एकात्म मानववाद का ध्येय एक ऐसे समाज की स्थापना है, जिसमें धर्म हमारा आधारभूत पुरुषार्थ है। इसका ध्येय सभी का कल्याण है और शरीर, मन, बुद्धि व आत्मा की प्रगति है, अर्थात् अंत्योदय इसका सार है।

□

पं. दीनदयाल उपाध्याय की दृष्टि में भारतीय संस्कृति

पाश्चात्य दृष्टिकोण राष्ट्र की कल्पना को एक नकारात्मक कल्पना मानते हैं। जैसे जब चीन का आक्रमण हुआ तो राष्ट्र-भावना आ गई। एक अंग्रेजी कहावत है कि—Nationalism die in peace and live in war। युद्ध के समय हम मिल जाएँ, यह उचित है, परंतु यदि राष्ट्रवाद केवल युद्ध के समय में हमें जोड़ें, यह धारणा सर्वथा अनुचित है। हमारा राष्ट्र जीवन हजारों वर्षों से सनातन चला आ रहा है और इसका आधार भावनात्मक है, और यही जोड़नेवाली भावनात्मक सोच हमारी संस्कृति है। पश्चिम के सभी दर्शन अधूरे हैं, वे संपूर्ण जीवन का कभी विचार ही नहीं करते, अपितु वे जीवन के अंग विशेष का ही विचार करते हैं, इसलिए भारतीय संस्कृति में वे स्वीकार्य नहीं हैं। भारतीय संस्कृति की सबसे बड़ी विशेषता है कि इसने जीवन को संपूर्ण रूप में विचार किया और मानव कल्याण को अपना ध्येय माना।

आदिकाल से हमारे ऋषियों व मुनियों ने जीवन के अंतरंग अंगों को देखकर समग्रता के दर्शन किए, यद्यपि इस अंतरंगता को देखना कठिन अवश्य है, परंतु बहुत कठिन नहीं। जैसे एक अच्छा वैद्य रोगी की नाड़ी देखकर शरीर के सभी रोगों का पता लगा लेता है, इसी प्रकार मानव-जीवन के वर्तमान, भूत व भविष्य सबको मिलाकर जीवन की पूर्णता के दर्शन होते हैं। वास्तव में जीवन की पूर्णता ही भारतीय संस्कृति का मूल है। हमारे विचार का आधार एकता संघत्व है, जबकि पाश्चात्य लोगों का आधार एकांगी है।

पश्चिम के विचार में समाज प्रकृति व सृष्टि सभी व्यक्ति के लिए हैं। वे कहते हैं कि प्रकृति पर विजय प्राप्त करो, अर्थात् प्राकृतिक संसाधनों का दोहन करो (Exploiting the natural resources)। वे मानव को सबसे बड़ा मानते हैं, परंतु भारतीय संस्कृति में बड़ा वह है, जो सबके लिए है, जो सबकी चिंता करे और जो सबके कल्याण की चिंता करे, वही बड़ा है, अर्थात् मनुष्य है। वे प्रकृति पर विजय की बात करते हैं। वे एवरेस्ट पर चढ़ते हैं तो एवरेस्ट विजय (Conquest of Everest) कहते हैं। हम लोग भी हिमालय पर गए, अनेक चोटियों पर चढ़ें, पर उनपर फतह करने के लिए नहीं, बल्कि तपस्या का भाव लेकर चढ़ें। चार्ल्स डारविन ने Survival of the fittest का दर्शन दिया, अर्थात् जो सबल है, उसी को जीने का अधिकार है। परंतु भारतीय संस्कृति का अर्थ यही है कि कमजोर की भी रक्षा हो सके। यही एकात्म मानववाद का मूल है, क्योंकि सबल तो अपने आप जी लेगा, परंतु निर्बल की रक्षा कौन करेगा? पुलिस भी इसलिए होती है कि दुर्बल की रक्षा हो सके। समाज में मत्स्य न्याय न रहे। समर्थ दुर्बल को समाप्त न कर दे, इसीलिए सरकार, कानून व समाज बनते हैं।

हमारे जीवन व समाज का आधार संघर्ष नहीं, सहयोग है। प्रकृति भी सहयोग के आधार पर चलती है। वनस्पति व मनुष्य तथा संसार के समस्त जीव एक-दूसरे के पूरक हैं। इनसे आपस के संघर्ष से सृष्टि नहीं चल सकती। हमें जीवित रहने के लिए ऑक्सीजन की आवश्यकता होती है और वनस्पतियों व वृक्षों को जीवित रहने के लिए कार्बन डाई ऑक्साइड की आवश्यकता होती है, अर्थात् भूमंडल में वनस्पति व जीव एक-दूसरे के पूरक हैं। सभी एक-दूसरे पर आश्रित हैं।

पश्चिमी मान्यताओं में विवाह महज एक समझौता है, जब तक निभाया ठीक है, नहीं तो रिश्ता तोड़ दिया। जबकि भारत में शादी जन्म-जन्मांतर का साथ होता है, अग्नि के सामने सात फेरे सात जन्मों के वचन व साथ का प्रतीक होते हैं। यही कारण है कि अमरीका जैसे विकसित देशों में हर तीसरा परिवार पति-पत्नी के तलाक के केसों में लिप्त है। बच्चे असुरक्षित व

कुंठित हो जाते हैं। पाश्चात्य के अनुसरण से भारत में तलाक के मामले बढ़े हैं और Live in relation जैसी विकृतियाँ पैदा हो रही हैं। हमारे समाज में पति-पत्नी का एक-दूसरे के प्रति प्यार, त्याग, एकता आज भी विद्यमान है और भविष्य में भी विद्यमान रहेगी। हमारा आधार एकात्मकता है। यद्यपि हमारे समाज में छुआछूत, जाति-पाँति जैसे दुर्गुण पैदा हुए, परंतु उनको मिटाने के प्रयत्न भी किए गए और आज भी ये कुरीतियाँ मिटाने के प्रयास किए जा रहे हैं। कबीर, ज्योतिबा फूले, तुकाराम, अंबेडकर आदि अनेक समाज सुधारक हुए, जो जाति-पाँति को समाप्त कर अछूतों को मुख्यधारा में लाना चाहते थे। पाश्चात्य संस्कृति में किसान को जीवन स्तर (Living Standard) बढ़ाने के लिए अधिक अन्न पैदा करने को कहा जाता है। किसान का कार्यक्षेत्र व्यवसायी प्रवृत्ति का होता है, अर्थात् वह अधिक कमाकर अधिक सुखी होना चाहता है, परंतु हमारे यहाँ किसान खेतों को अपना कर्तव्य मानकर सबको अन्न उपलब्ध कराता है और अपना यज्ञकर्म समझकर अन्न का उत्पादन करता है। एक अर्थशास्त्री ने पं. दीनदयाल उपाध्याय से कहा कि यदि हिंदुस्तान में लोग चींटी और बंदरों को खिलाना बंद कर दें तो भुखमरी की समस्या समाप्त हो सकती है। इस पर पंडितजी ने उस विद्वान् अर्थशास्त्री को बताया कि यदि बड़े लोग हफ्ते में दो समय उपवास करें तो भी इस समस्या से निपटा जा सकता है। इसीलिए हमारी संस्कृति समाजनिष्ठ से भी बढ़कर ब्रह्मनिष्ठ है।

□

व्यक्ति, समाज व राष्ट्र की प्राथमिकताएँ

विश्व में भावनात्मक दृष्टि से सबसे बड़ी इकाई राष्ट्र है। राज्य की भाँति राष्ट्र में भी चार तत्त्व आवश्यक होते हैं। भूमि, जन, संविधान और सबसे अहम तत्त्व संस्कृति और इन चारों तत्त्वों के समुच्चय से एक राष्ट्र का निर्माण होता है। इन चारों तत्त्वों से जब संकल्प, धर्म और आदर्श का मिलाप होता है तो एक आदर्श राष्ट्र का निर्माण होता है, उसी प्रकार जैसे शरीर, मन, बुद्धि और आत्मा के समुच्चय से व्यक्ति का निर्माण होता है। जिस प्रकार व्यक्ति में शरीर, मन, बुद्धि व आत्मा होती है, उसी प्रकार समाज भी व्यक्तियों की जीवन-शैली, संस्कृति से समाज का निर्माण होता है। लेकिन व्यक्ति का निर्माण समाज करता है। मानव जब पैदा होता है तो उसे शिक्षा समाज से मिलती है और संस्कार भी उसे समाज से ही मिलते हैं। बचपन में हम कहानियाँ सुना करते थे कि बच्चे को भेड़िया जंगल में उठा ले गया तो वह बच्चा सब काम भेड़िए की तरह करता था। रुडयाई किप्लिंग के उपन्यास 'जंगल-बुक' में इसी कल्पना पर पूरी कहानी का निर्माण हुआ। संक्षेप में, समाज व व्यक्ति एक-दूसरे के पूरक हैं। दोनों में पहले कौन आया, यह मुरगी पहले या अंडा पहले जैसे न सुलझानेवाली पहेली जैसा है। बोलना, चलना, सोचना, खाना हमें समाज ही सिखाता है, अन्यथा मनुष्य भी हाथ से उठाकर खाना खाने के स्थान पर जिह्वा से उठाकर खाना खाता।

अर्थात् आज हम जो कुछ भी हैं, जैसे भी हैं, समाज से हैं। वह समाज ही है, जिसके कारण बच्चे के पैदा होने के पश्चात् हमें उसकी शिक्षा की चिंता होने लगती है। हमें माता-पिता व गुरु से जो शिक्षा प्राप्त होती है, उसी प्रकार के कर्म हम करने की चेष्टा करते हैं। समाज में जो कुरीतियाँ होती हैं, वही व्यक्ति के चरित्र-निर्माण में मार्गदर्शक होती हैं। जैसे समाज ने ही हमारे मन में यह धारणा बिठा दी कि बेटी तो दूसरे के घर जाने के लिए होती हैं, इसलिए उसे न अधिक पढ़ाने के प्रयास किए जाते हैं, न ही लड़कों के बराबर उसे साधन मुहैया कराए जाते हैं। परंतु 21वीं शताब्दी में समाज में विकास की विचारधारा ने कन्याओं की शिक्षा में एक बड़ा परिवर्तन ला दिया है और बालिकाएँ शिक्षा के हर क्षेत्र में पुरुषों से आगे निकल रही हैं। परंतु विकसित समाज की विकृति ही है कि देश में, विशेषकर शहरों में बालिकाएँ कितनी असुरक्षित हो गई हैं, अन्यथा देश की राजधानी व अन्य शहरों में 26/12/2012 जैसी घटनाएँ नहीं होतीं। शिक्षा के क्षेत्र में अग्रणी होने के बावजूद महिलाएँ आज कितनी असुरक्षित हो गई हैं, इसका अनुमान उनके प्रति बढ़ते अपराधों के आँकड़ों से लगाया जा सकता है। वास्तव में एकात्मवाद न व्यक्तिवादी अवधारणा है, न समाजवादी, यह तो दोनों ही व्यक्ति और समष्टि का विचार करने तथा उनपर चलनेवाली संपूर्णता पर चलनेवाली विचारधारा है। व्यक्ति जितने भी कर्म करता है, वे समाज के लिए हैं। समाज उसके रोटी, कपड़ा, शिक्षा, स्वास्थ्य और सम्मान की चिंता करता है। समाज ने हमें शिक्षा देकर कपड़ा बुनना सिखाया। हमने कपड़ा बुना, जितना बुना, हम सारा स्वयं नहीं पहनते, हम अपने उपयोग के बाद जो बचता है, उसे समाज को दे देते हैं। यह आवश्यक है कि समाज उस कपड़े के बदले हमें जो मूल्य देता है, उससे हम अन्य आवश्यकताओं की पूर्ति करते हैं। मार्क्सवादियों का इस विषय में भिन्न मत है, वे कहते हैं कि श्रम के आधार पर मूल्य निर्धारण होना चाहिए, जबकि ऐसा नहीं होता। पूँजीपति उसके श्रम में से कुछ अपने पास रख लेते हैं। यह श्रम का शोषण है। पर यह पूर्ण रूप से असत्य है; क्योंकि मजदूर मात्र श्रम के बल पर उत्पादन नहीं कर सकता। वह जो

उत्पादन करता है, उसमें पूँजीपति की पूँजी, उसकी मशीन, बुद्धि उसकी बाजार में बेचने की क्षमता का मूल्य भी शामिल है। अर्थात् समाज (व्यापार) में व्याप्त विभिन्न अवयवों के संयुक्त प्रयास से उत्पादन होता है। इसी प्रकार समाज में शिक्षक से जो दिशा प्राप्त होती है, उसका मूल्य चुकाया नहीं जा सकता; क्योंकि कर्म का मूल्य चुकाना संभव नहीं है। इस कारण हमारे समाज में प्राचीन समय में ये काम सेवा-भाव से किए जाते थे। शिक्षा देना या ज्ञान लेना कभी भी रुपए-पैसे में नहीं तोला जाता था। भगवान् कृष्ण ने 'गीता' में स्वयं कहा है कि मुझे सबकुछ अर्पण कर दो, तुम्हारे योग-क्षेम की चिंता मैं स्वयं करूँगा। पश्चिम में यह सिद्धांत प्रचलित है कि जो कमाएगा, वही खाएगा, परंतु छोटा बालक व बीमार व्यक्ति कमा नहीं सकते, फिर भी उन्हें भोजन मिलता है। कर्म और परिश्रम का मेल पश्चिम के अर्थशास्त्र में है, हमारे यहाँ नहीं। भारत में प्रत्येक कर्म को धर्म मानकर किया जाता रहा है और यही समाज की स्वाभाविक स्थिति है।

□

एकात्म मानववाद एकमात्र विकल्प

पूरे भूमंडल में हिंदू सभ्यता एक ऐसी सभ्यता है, जो हजारों वर्ष के निरंतर आघात और उनके विदेशी आक्रमण के बावजूद भी अपने मूल रूप में जीवंत है। यह पृथ्वी पर सनातन काल से हिंदुओं की सर्वमान्य पुण्यभूमि है। इसी कारण स्वतंत्र्य वीर विनायक दामोदर सावरकर के अनुसार हिंदू केवल वही है, जो सिंधु नदी से सिंधुपर्यंत इस देश को अपनी पितृ-भू मानता है, जो रक्त-संबंध से उस जाति का वंशधर है, जिसका उद्‍भव वैदिक सप्त-सिंधुओं में हुआ और जो पीछे बराबर आगे बढ़ती, अंतर्भूत को पचाती और उसे गहनीय रूप देती हिंदू जाति के नाम से विख्यात हुई। हिंदुत्व के ये लक्षण हैं—एक राष्ट्र, एक जाति और एक संस्कृति। इस सब लक्षणों का अंतर्भाव करके संक्षेग में यों कहा जा सकता है कि हिंदू वह है तो सिंधु स्थान को केवल पितृ-भू नहीं, पुण्यभू मानता है। हिंदुत्व के दो लक्षण राष्ट्र और जाति पितृ भू-शब्द में जाति में आ जाते हैं और तीसरा लक्षण एक संस्कृति 'पुण्यम्' शब्द से मुख्यत: प्रकट होता है, क्योंकि संस्कृति में सब संस्कार आ जाते हैं और संस्कृति ही किसी भूमि को पुण्यभूमि बनाती है।

देश पर अनेक आक्रमण हुए। सदियों तक विदेशियों ने इस पवित्र-भूमि पर शासन किया, लेकिन फिर भी अवशिष्ट राष्ट्र में हिंदू समाज अपनी महान् संस्कृति को सँजोकर रखने में सफल रहा है; जबकि हिंदू समाज ही लगातार आक्रमण का शिकार होता रहा। दुर्भाग्यवश आज देश के अधिकांश

राजनीतिक दल भारतीय होते हुए भी इस राष्ट्र की मूल सभ्यता के प्रवाह से न केवल विमुख हो गए हैं, अपितु संकीर्ण राजनीतिक उद्‌देश्यों के लिए उसके सांप्रत स्वरूप पर आघात करने में भी संकोच नहीं करते। कश्मीर में सर्वाधिक मंदिरों का ध्वंस, अयोध्या में राममंदिर के निर्माण के लिए सहमति का अभाव, रामसेतु भंजन के लिए राज्य सरकार द्वारा राम के ही अस्तित्व से इनकार, तत्कालीन मुख्यमंत्री द्वारा यह कहना कि राम के पास कौन सा डिप्लोमा था कि उन्होंने सेतु का निर्माण कर दिया, हिंदुओं के मत्रांतरण पर मौन और हिंदुओं की संवेदनाओं के विषय, जैसे गोहत्या पर रोक की बजाय गैर-हिंदुओं के हित की रक्षा हेतु राष्ट्रहितों की तिलांजलि उनकी छद्‌म धर्मनिरपेक्षता की नीति के घोतक हैं। जनसंघ के संस्थापक सदस्यों में प्रमुख पं. दीनदयाल उपाध्याय ने इस मानसिकता के विरोध में कहा—

''हमारी आत्मा ने अंग्रेजी राज्य के प्रति विद्रोह केवल इसलिए नहीं किया कि दिल्ली में बैठकर राज करनेवाला एक अंग्रेज था, अपितु इसलिए भी कि हमारे दिन-प्रतिदिन के जीवन में, हमारे जीवन की गति में विदेशी पद्धतियाँ और रीति-रिवाज, विदेशी दृष्टिकोण और आदर्श अड़ंगा लगा रहे थे। हमारे संपूर्ण वातावरण को दूषित कर रहे थे, हमारे लिए साँस लेना भी दूभर हो गया था। आज यदि दिल्ली का शासनकर्ता अंग्रेज के स्थान पर हममें से ही एक है, हमको इसका हर्ष है, संतोष है; किंतु हम चाहते हैं कि उसकी भावनाएँ और कामनाएँ भी हमारी भावनाएँ और कामनाएँ हों। जिस देश की मिट्टी से उसका शरीर बना हो, उसके प्रत्येक रजकण का इतिहास उसके शरीर के कण-कण से प्रतिध्वनित होना चाहिए।''

प्रारंभ में जनसंघ और 1980 के बाद भा.ज.पा. के 50 वर्षों के संघर्ष के पश्चात् इस राष्ट्रवादी राजनीति के उत्तराधिकारी अटल बिहारी वाजपेयी बने। उनके मन में पं. दीनदयाल उपाध्याय के प्रति सदैव भक्ति-भाव रहा। संघ के पेपर 'पाञ्चजन्य' में उन्हें भाऊराव देवरस और पं. दीनदयाल उपाध्याय ही ले आए थे। हिंदू तन, मन हिंदू जीवन, रग-रग हिंदू मेरा परिचय तथा गगन में लहरता है भगवा हमारा—जैसे प्रसिद्ध गीतों की रचना कर राष्ट्रीय स्वयंसेवक

संघ प्रेरित सभ्यता मूल का राष्ट्रीयता का वही प्रवाह अटलजी ने बढ़ाया, जो उन्हें दीनदयाल उपाध्यायजी से मिला था।

वाजपेयीजी के नेतृत्ववाली एन.डी.ए. सरकार के 6 वर्ष के शासनकाल में अंत्योदय के प्रयास किए गए। इस काल में नागरिकों के कल्याण हेतु ढाँचागत सुविधाओं का सृजन और ग्रामीण विकास के क्षेत्र में अनेक कीर्तिमान स्थापित हुए। अटल और आडवाणी की जोड़ी ने इन 6 वर्षों में सुशासन का जो मॉडल प्रस्तुत किया, उसकी प्रशंसा उनके विरोधी भी करते हैं। उसी परंपरा को श्री नरेंद्र मोदी आगे बढ़ाते हुए अपनी लगन, मेहनत व दूरदृष्टि से एक विकसित व भव्य भारत का निर्माण करने में लगे हैं। पं. दीनदयाल उपाध्याय के जन्मदिन को 'अंत्योदय दिवस' के रूप में मनाने का निर्णय किया और संकल्प लिया है कि 'हर हाथ को काम, हर खेत को पानी और हर पेट को रोटी।'

इसलिए देश के सामने मात्र अंत्योदय की स्थापना ही नहीं, बल्कि छद्म धर्म-निरपेक्षता के नाम पर भारत के मूल अधिष्ठान पर चोट करनेवाले सेक्युलरवादियों से निपटना भी है। इन्हीं साध्यों को लेकर भा.ज.पा. की स्थापना हुई। भा.ज.पा. का उद्देश्य हमारी मूल सभ्यता व संस्कृति के प्रवाह को संरक्षित करनेवाली केंद्रित भारतीय सत्ता स्थापित करना है। इन मूल्यों को स्थापित करने के लिए सैकड़ों कार्यकर्ताओं ने बलिदान किया है। जिन दो महापुरुषों को यह अपना आदर्श मानती है, उन दोनों की हत्या ऐसे समय पर हुई, जब वे अपने श्रेष्ठतम उत्कर्ष की ओर बढ़ रहे थे। डॉ. श्यामाप्रसाद मुकर्जी और पं. दीनदयाल उपाध्याय दोनों 52 वर्ष की आयु में अकाल मृत्यु के शिकार हुए। स्वस्थ व सुदृढ़ भारत के निर्माण का संकल्प हम इन्हीं दोनों नेताओं के आदर्शों से प्रेरणा लेकर करते हैं। आज की राजनीति में जहाँ अनैतिकता, स्वार्थपरता सर्वोपरि हो गई है। राजनैतिक स्वार्थ की सिद्धि के लिए एक-दूसरे को गिराना, हतबल करना और खुद सीढ़ी चढ़ने की कोशिश बन गया है। जहाँ विपक्षी से पहले अपने ही लोग ईर्ष्या के कारण पराजय सुनिश्चित करते हैं। पं. दीनदयाल उपाध्याय उस राजनीति के पुरोधा थे, जो

दूसरों का दु:ख दूर करने के लिए खुद को गला देना राजनीति का सर्वोपरि उद्देश्य मानते थे। उन्हें स्वयं को सौभाग्यशाली ही मानना चाहिए, जो ऐसी सभ्यतामूलक राजनीति विचारधारा के अंगभूत घटक ही नहीं हैं, बल्कि जिन पर उस धारा को आगे बढ़ा ले चलने का भी दायित्व आया है। आर्थिक संकट, सैन्य व सांस्कृतिक अस्मिता की चुनौतियों से घिरा, पृथ्वी का सबसे युवा राष्ट्र भारत उस मार्ग की तलाश में है, जो पूँजी के व्यक्ति केंद्रित व्यवहार और साम्यवाद के निर्मम पथ से भिन्न हो। वह दीनदयाल उपाध्याय का एकात्मक मानववाद वही दर्शन है, जो इन दोनों मतों से पृथक् रहकर ऐसे आदर्श पर चलने की शिक्षा देता है, जिसका साध्य मानव-कल्याण है।

परंतु पं. दीनदयाल उपाध्याय का जयंती समारोह देश के ज्यादातर हिस्सों में रस्मअदायगी भर रह गया। वक्ताओं ने अपने भाषण में ज्यादा वक्त व्यवस्था को कोसने में बिताया और चलते-चलते कह दिया कि देश का कल्याण एकात्म मानववाद से ही होगा। नई पीढ़ी के कार्यकर्ता-श्रोताओं ने भी बात एक कान से सुनी और दूसरे कान से निकाल दी। कारण कि एकात्म मानववाद क्या है, हमारे अधिकांश युवा कार्यकर्ता जानते ही नहीं।

मैं इसके लिए कार्यकर्ता-श्रोताओं को दोषी नहीं मानता। उन्हें प्रशिक्षित करने का काम नेताओं का होता है। पर जब अनेक नेता ही एकात्म मानववाद के बारे में नहीं जानते, तो वे कार्यकर्ताओं को कैसे प्रशिक्षित करेंगे? फिर युवा कार्यकर्ताओं से क्या उम्मीद की जा सकती है? वे एकात्म मानववाद के इन दो शब्दों से ज्यादा कुछ नहीं जानते।

पं. दीनदयाल उपाध्याय ने भारत की सनातन विचारधारा को युगानुकूल रूप में प्रस्तुत करते हुए देश को एकात्म मानव-दर्शन जैसी प्रगतिशील विचारधारा दी थी। यद्यपि असामयिक निधन के कारण पंडितजी मानव के समेकित विकास के इस विशुद्ध भारतीय विचार का सरलीकरण एवं लोकव्यापीकरण नहीं कर पाए थे। ऐसे में नई पीढ़ी के विचारकों-चिंतकों से ही अपेक्षा की जाती है कि उनके विचारों को सहज और सरल ढंग से प्रचार-प्रसार कर इसे जन परिष्कार एवं लोक-कल्याण का माध्यम बनने देंगे।

हमारी संस्कृति समाज व सृष्टि का ही नहीं, अपितु मानव के मन, बुद्धि, आत्मा और शरीर का समुच्चय है। पंडितजी के इसी विचार व दर्शन को 'एकात्म मानववाद' का नाम दिया गया, जिसे अब 'एकात्म मानव-दर्शन' के रूप में जाना जाता है। विश्लेषकों के मुताबिक एकात्म मानव-दर्शन राष्ट्रत्व के दो पारिभाषित लक्षणों को पुनर्जीवित करता है, जिन्हें चिति (राष्ट्र की आत्मा) और विराट् (वह शक्ति जो शब्द को ऊर्जा प्रदान करे) कहते हैं।

पं. दीनदयाल उपाध्याय ने सन् 1964 में कहा था कि हमें सब का विचार करना आवश्यक है। बिना उसके स्वराज्य का कोई अर्थ नहीं है। मात्र स्वतंत्र होने से हम विकास और सुख नहीं प्राप्त कर सकते, क्योंकि स्वतंत्रता ही हमारे विकास और सुख का साधन नहीं बन सकती। जब तक कि हमें (स्व) अपनी असलियत का पता नहीं होगा, तब तक हमें अपनी शक्तियों का ज्ञान नहीं हो सकता और न ही उसका विकास संभव है। उनका कहना था कि अंग्रेजों के शासनकाल में जितने भी आंदोलन चले, उनका एक ही लक्ष्य था कि अंग्रेजों को हटाकर हम स्वराज प्राप्त करें। स्वतंत्रता के बाद हमारा राजनीतिक स्वरूप क्या होगा, हम किस दिशा में अग्रसर होंगे, इस विषय में कभी भी विचार नहीं हुआ।

ऐसी दिशाहीनता की स्थिति में समाजवाद, साम्यवाद, पूँजीवाद, उदारवाद, व्यक्तिवाद आदि पश्चिम से आयातित सिद्धांतों से मुक्त हो उन्होंने 'एकात्म मानववाद' के सिद्धांत का प्रतिपादन कर आधुनिक राजनीति, अर्थव्यवस्था तथा समाज-रचना के लिए एक चतुरंगी धरातल प्रस्तुत किया। वह एक ऐसा धरातल था, जिस पर खड़े होकर हम गौरवान्वित महसूस कर सकते थे। हमारे राष्ट्र के विकास, मानव-कल्याण को सुनिश्चित करने के लिए उसका पालन ही एकमात्र विकल्प है।

अत्यंत दुःख है कि अपने को पं. दीनदयाल उपाध्याय का अनुयायी कहनेवाले आजकल के नेता एकात्म मानववाद के विचारों को प्रचारित तो दूर, उनको जानने और समझने का प्रयास भी नहीं करते।

□

भारतीय जनसंघ की स्थापना का उद्देश्य–अंत्योदय

“विश्व का ज्ञान हमारी थाती है, मानव जाति का अनुभव हमारी संपत्ति है। विज्ञान किसी देश-विदेश की बपौती नहीं है, वह भी हमारे अभ्युदय का साधन बनेगा। किंतु भारत हमारी रंगभूमि है। भारत की कोटि-कोटि जनता पात्र ही नहीं, प्रेक्षक भी है, जिसके रंजन एवं आत्मसुख के लिए हमें सभी भूमिकाओं का निर्धारण करना है। विश्व प्रगति के हम केवल द्रष्टा ही नहीं, साधक भी हैं। अतः जहाँ एक ओर हमारी दृष्टि विश्व की उपलब्धियों पर हो, वहीं दूसरी ओर हम राष्ट्र की मूल प्रकृति, प्रतिभा एवं प्रकृति को पहचान कर अपनी परंपरा और परिस्थिति के अनुरूप भविष्य के विकास क्रम का निर्धारण करने की अनिवार्यता को भी न भूलें। ‘स्व’ के साक्षात्कार के बिना न तो स्वतंत्रता सार्थक हो सकती है और न वह कर्मचेतना ही जाग्रत् हो सकती है, जिसमें परावलंबन और पराभूत का भाव होकर स्वाधीनता, स्वेच्छा और स्वानुभवजनित सुख हो। अज्ञान, अभाव तथा अन्याय की परिसमाप्ति और सुदृढ़, समृद्ध, सुसंस्कृत एवं सुखी राष्ट्र जीवन का शुभारंभ सबके द्वारा स्वेच्छा से किए जानेवाले श्रम तथा सहयोग पर निर्भर है। यह महान् कार्य राष्ट्र जीवन के प्रत्येक क्षेत्र में एक नए नेतृत्व की अपेक्षा रखता है। भारतीय जनसंघ का जन्म इसी अपेक्षा को पूर्ण करने के लिए हुआ है।

भारतीय जनसंघ का उद्देश्य भारत को उसकी संस्कृति और मर्यादा के

आधार पर एक राजनीतिक, सामाजिक एवं आर्थिक जनतंत्र बनाना है, जिसमें व्यक्ति को समान अवसर व स्वतंत्रता प्राप्त हो, जो भारत को सुदृढ़ एवं सुसंपन्न बनाते हुए उसे एक प्रगतिशील, आधुनिक और जागरूक राष्ट्र बनाए, जो दूसरों के आक्रमण का सफलतापूर्वक सामना कर सके और विश्व शांति के स्थापनार्थ राष्ट्र संघ में समुचित रीति से प्रभाव डाल सके।''

—पं. दीनदयाल उपाध्याय

भारत की एकता और अखंडता का विषय जनसंघ और बाद में भारतीय जनता पार्टी के जन्म से जुड़ा है या दूसरे शब्दों में, जनसंघ का निर्माण इन्हीं मुद्‌दों पर हुआ। आज भी एकता और अखंडता का विषय सारे देश की राजनीति का प्रमुख विषय बना हुआ है। देश में आजादी के समय सांप्रदायिक आधार पर विभाजन ने अशांति का वातावरण फैला दिया था। पाकिस्तान व वर्तमान बांग्लादेश से हिंदू शरणार्थियों का प्रवाह उमड़ रहा था। जनसंघ के संस्थापक पं. श्यामाप्रसाद मुकर्जी उस समय केंद्र सरकार में वरिष्ठ मंत्री थे। उनके और तत्कालीन गृहमंत्री स्वर्गीय सरदार वल्लभभाई पटेल के विचारों में राष्ट्रवाद एवं राष्ट्रीय एकता के प्रति बहुत अधिक समानता थी। विभाजन के समय तत्कालीन प्रधानमंत्री पं. जवाहरलाल नेहरू और लियाकत अली के बीच एक समझौता हुआ, जिसके अनुसार दोनों ही देश अपने यहाँ अल्पसंख्यक को संरक्षण देने हेतु बाध्य थे। परंतु पाकिस्तान अपने यहाँ इस समझौते को निभाने में असफल रहा। परिणामस्वरूप पाकिस्तान में लाखों अल्पसंख्यक हिंदुओं की निर्मम हत्या हुई और पंडित नेहरू पाकिस्तान को इस संबंध में उचित कदम उठाने के लिए बाध्य करने में असफल रहे। इसके विरोध में डॉ. श्यामाप्रसाद मुकर्जी मंत्रिमंडल से त्यागपत्र देकर बाहर आ गए और उन्होंने एक राष्ट्रवादी पार्टी बनाने का निर्णय किया।

कलकत्ता के संघ कार्यालय में डॉ. श्यामाप्रसाद मुकर्जी और राष्ट्रीय स्वयंसेवक संघ के तत्कालीन सरसंघचालक श्री गुरु गोलवलकर की भेंट हुई तथा तय हुआ कि संघ अपने गिने-चुने कार्यकर्ताओं को डॉ. मुकर्जी की सहायता

के लिए भेजेगा। संघ से जो कार्यकर्ता जनसंघ में भेजे गए, उनमें पं. दीनदयाल उपाध्याय, श्री अटल बिहारी वाजपेयी, श्री नानाजी देशमुख, श्री लालकृष्ण आडवाणी, भाई महावीर, श्री सुंदर सिंह भंडारी, श्री जगन्नाथ राव जोशी, श्री कुशाभाऊ ठाकरे प्रमुख थे। इस प्रकार राष्ट्र की एकता व अखंडता हेतु जनसंघ की स्थापना हुई। दुर्भाग्यवश दो वर्ष होते-होते देश की अखंडता और एकता के लिए संघर्ष करते हुए, डॉ. श्यामाप्रसाद मुकर्जी संदेहास्पद परिस्थितियों में 23 जून, 1953 को शहीद हो गए। स्वाभाविक रूप से राष्ट्र की एकता व अखंडता का विषय जनसंघ व बाद में भारतीय जनसंघ से जुड़ा रहा।

उनकी मृत्यु के पश्चात् पार्टी के वैचारिक पक्ष के प्रणेता पं. दीनदयाल उपाध्याय बने और वैचारिक पक्ष को उजागर करने का काम श्री अटल बिहारी वाजपेयी ने सँभाला। फरवरी 1968 में पं. दीनदयाल उपाध्याय की हत्या के पश्चात् अटलजी और अडवाणीजी की जोड़ी ने जनसंघ की बागडोर सँभाली। इस जोड़ी ने पार्टी के संगठन को आधारभूत ढाँचा देने में निर्णायक भूमिका निभाई। मंडल व जिला स्तर पर कमेटियों का गठन हुआ और कार्यकर्ताओं का एक ऐसा वर्ग तैयार हुआ, जिसे 'कैडर वोट' कहा जाता है। देश में आपातकाल लगने पर लोकतंत्र खतरे में पड़ गया और लोकतंत्र व संविधान की रक्षा के लिए पार्टी नेतृत्व ने भारतीय जनसंघ का विभिन्न विचारधाराओं वाली पार्टी जनता पार्टी में विलय कर लिया। दोहरी सदस्यता के मसले पर जनता पार्टी का विघटन हुआ और पूर्व जनसंघ के सभी सदस्यों ने अप्रैल 1980 में भाजपा का गठन किया। तत्कालीन प्रधानमंत्री श्रीमती इंदिरा गांधी की 1984 में हत्या के बाद हुए चुनावों में कांग्रेस के प्रति सहानुभूति की लहर के कारण कांग्रेस को 400 से भी अधिक सीटें मिलीं और भाजपा को मात्र 2 सीटें मिलीं। अटलजी समेत पार्टी के अनेक दिग्गज चुनाव हार गए। परंतु अटल और आडवाणी के कुशल नेतृत्व और पार्टी के संगठन ने भाजपा को 2 सीटों से 182 तक पहुँचाया, परिणामस्वरूप भाजपा के नेतृत्व में केंद्र में एन.डी.ए. सरकार बनी और श्री अटल बिहारी वाजपेयी देश के प्रधानमंत्री बने।

विकासशील दृष्टिकोण—चरैवेति जनसंघ की कार्यशैली का मूलमंत्र रहा है। समयानुसार बदलाव और मूल सिद्धांतों के प्रति प्रतिबद्धता जनसंघ तथा भाजपा की प्रकृति का मूल अंश रहा है। यद्यपि शुरुआती दिनों में सभी भाषाओं के साथ समन्वय का धरातल प्रस्तुत करनेवाली हिंदी को ही राजभाषा माना गया, परंतु परिस्थितियों के अनुसार परिवर्तन किया गया और 1967-68 के कालीकट अधिवेशन में पं. दीनदयाल उपाध्याय की अध्यक्षता में 'त्रिभाषा फॉर्मूला' स्वीकार किया गया।

भाजपा को यह सिद्धांत अपने संस्थापकों डॉ. श्यामाप्रसाद मुकर्जी और पं. दीनदयाल उपाध्याय से विरासत में मिला था, जिसके अनुसार पार्टी के आधारभूत सिद्धांतों से समझौता नहीं होना चाहिए, और यदि समय की माँग हो तो राष्ट्र की एकता व अखंडता के लिए स्वयं को नई परिस्थितियों में ढालने में कोई हिचकिचाहट नहीं होनी चाहिए।

□

जनसंघ (भा.ज.पा.) का मूल सिद्धांत

पं. दीनदयाल उपाध्याय द्वारा प्रतिपादित एकात्म मानववाद रहा है।

पं. दीनदयाल उपाध्याय एक मौलिक विचारक थे और एकात्म मानववाद उनकी अद्वितीय देन है। यह विश्व में साम्यवादी और साम्राज्यवादी धाराओं के लिए एक सफल चुनौती बना। यह विश्व मानवता के कल्याण की दिशा तय करता है। इसकी परिकल्पना पं. दीनदयाल उपाध्याय ने पार्टी के ग्वालियर अधिवेशन में 10 अगस्त, 1964 को प्रस्तुत की थी। उनके अनुसार हमारी संपूर्ण व्यवस्था का केंद्रबिंदु मानव होना चाहिए, जो 'यद् पिंडे तद् ब्रह्मांड' के न्याय के अनुसार समष्टि का जीवनमान प्रतिनिधि एवं उसका उपकरण है। भौतिक उपकरण मानव के सुख-साधन हैं, साध्य नहीं। जिस व्यवस्था में भिन्न रुचि लोक का विचार केवल एक औसत मानव से अथवा शरीर-मन-बुद्धि-आत्मा युक्त अनेक ऐषणाओं से प्रेरित पुरुषार्थ चतुष्टदयशील, पूर्ण मानव के स्थान पर एकांगी मानव का ही विचार किया जाए, वह अधूरी है। हमारा आधार एकात्म मानव है, जो अनेक एकात्म समाविष्टियों का एक साथ प्रतिनिधित्व करने की क्षमता रखता है। एकात्म मानववाद के आधार पर हमें जीवन की सभी व्यवस्थाओं का विकास करना होगा। मानववाद के नाम से कई विचारधाराएँ प्रचलित रही हैं, किंतु उनका विचार भारतीय संस्कृति के चिंतन से अनुप्राणित न होने के कारण मूलतः

भौतिकवादी है। मानव के नैतिक स्वरूप अथवा व्यवहार के लिए वह कोई तात्त्विक विवेचन प्रस्तुत करने में असफल रही है। मानव और मानव जगत् के संबंधों और व्यवहार की संगति, आध्यात्मिकता को अमान्य करके नहीं बिठाई जा सकती।

एकात्म मानववाद के नाम से ज्ञात यह दर्शन आज भी भारतीय जनता पार्टी की विचारधारा का मुख्य आधार है। वर्ष 2000 में भा.ज.पा. की 'चेन्नई घोषणा' में इसकी पुष्टि करते हुए स्वीकारा गया कि एकात्म मानववाद और गांधीवादी समाजवाद भारत की सनातन आत्मा की ही अभिव्यक्ति हैं।

अप्रैल 1980 में भा.ज.पा. का गठन हुआ और दिल्ली के कोटला मैदान में 'स्थापना-अधिवेशन' हुआ; परंतु भा.ज.पा. का वास्तविक अधिवेशन दिसंबर 1980 में मुबंई में हुआ। मुंबई अधिवेशन में पार्टी का बुनियादी दस्तावेज प्रस्तुत किया गया, जिसमें गांधीवादी समाजवाद और एकात्म मानववाद को मार्गदर्शक बिंदु के रूप में स्वीकारा गया। राष्ट्रीय एकता, लोकतंत्र, सर्वधर्म समभाव, मूल्याधारित राजनीति का लक्ष्य निर्धारित किए गए। देश में स्वावलंबी और अंतरराष्ट्रीय बाजार में प्रतिस्पर्धात्मक अर्थव्यवस्था के साथ राजनीतिक विकेंद्रीकरण के सिद्धांत को स्वीकार किया गया। अपने अध्यक्षीय भाषण में श्री अटल बिहारी वाजपेयी ने कार्यकर्ताओं को संगठन, संघर्ष और संरचना के तीन बिंदु अपनाने का आह्वान किया और आज भा.ज.पा. संगठन, संघर्ष और संरचना के मूल सिद्धांत पर ही कार्य कर रही है। आज पार्टी का हर कार्यकर्ता सुरक्षा, सुचिता, समरसता और स्वदेशी के संदेश और सांस्कृतिक राष्ट्रवाद (हिंदुत्व) की विचारधारा को जन-जन तक पहुँचाने के लिए कृतसंकल्प है।

भा.ज.पा. का लक्ष्य

पं. दीनदयाल उपाध्याय के एकात्म मानववाद से प्रेरणा लेकर वर्ष 1965 में 'सिद्धांत और नीति' नामक दस्तावेज के अंतर्गत पार्टी का प्रमुख लक्ष्य तय किया गया, इसके अनुसार—

हमारी संपूर्ण व्यवस्था का केंद्र मानव होना चाहिए, जो 'यद् पिंडे तद्

ब्रह्मांडे' के न्याय के अनुसार समष्टि का जीवनमान प्रतिनिधि एवं उसका उपकरण है। भौतिक उपकरण मानव के सुख-साधन हैं, साध्य नहीं। हमारा आधार एकात्म मानव है, जो अनेक एकात्म समाविष्टियों का एक साथ प्रतिनिधित्व करने की क्षमता रखता है। एकात्म मानववाद (Integral Humanism) के आधार पर सभी व्यवस्थाओं का विकास हमारा अंतिम लक्ष्य है। मानववाद के नाम से ज्ञात यह दर्शन आज भी भारतीय जनता पार्टी की विचारधारा का मुख्य आधार है। आपातकाल के दौरान माननीय अटलजी और श्री आडवाणीजी के नेतृत्व में पार्टी ने यह साबित कर दिया कि राष्ट्रीय एकता एवं लोकतंत्र की रक्षा करना जनसंघ (वर्तमान में भा.ज.पा.) की मूल प्रकृति का हिस्सा है। यही कारण है कि बांग्लादेश युद्ध के समय 1971 में श्री अटल बिहारी वाजपेयी ने श्रीमती इंदिरा गांधी को 'दुर्गा' कहा था और पोखरण के प्रथम परमाणु परीक्षण के दौरान कांग्रेस सरकार को राष्ट्रहित के लिए पूरे विपक्ष के समर्थन का आश्वासन दिया था।

भारतीय जनता पार्टी का मुख्य लक्ष्य युवाओं की राजनीति में भागीदारी सुनिश्चित करना है, जिससे देश के युवाओं में राष्ट्रवाद की भावना प्रसारित की जा सके और देश के युवाओं को एक ऐसा प्लेटफॉर्म दिया जा सके, जिससे वे भविष्य में राष्ट्र-निर्माण में अपने दृष्टिकोण को मूर्त रूप दे सकें। इसी ध्येय से 1978 'भारतीय जन युवा मोरचा' का गठन किया गया और उत्तर प्रदेश के जुझारू राष्ट्रवादी युवा नेता श्री कलराज मिश्र इसके प्रथम अध्यक्ष बनाए गए। श्री मिश्र की भाँति अनेक युवा नेताओं ने, जिनमें प्रमोद महाजन, सत्यदेव सिंह, धमेंद्र प्रधान, जे.पी. नड्डा आदि प्रमुख हैं, में पार्टी के युवा मोरचे का नेतृत्व किया और कालांतर में राष्ट्र की राजनीति में अहम योगदान दिया। हमारे वर्तमान अध्यक्ष श्री राजनाथ सिंह व मध्य प्रदेश के मुख्यमंत्री श्री शिवराज सिंह चौहान भी भारतीय जनता युवा मोरचा के अध्यक्ष के रूप में कार्य करने के पश्चात् ही राष्ट्रीय राजनीति में योगदान कर रहे हैं।

भारतीय जनता युवा मोरचा पं. दीनदयाल उपाध्याय के एकात्म मानववाद की अवधारणा में विश्वास रखता है और राष्ट्रीय एकता, सर्वधर्म समभाव,

जातिविहीन समाज की स्थापना और मूल्याधारित राजनीति के लक्ष्य की प्राप्ति के लिए प्रयत्नशील है। युवा मोरचे का ध्येय एक आधुनिक प्रगतिशील, प्रबुद्ध राष्ट्र का निर्माण करने का है, जिसमें हमारे देश के युवाओं को रोजगार के लिए इधर-उधर भटकना न पड़े। इसका प्रमाण यह है कि श्री अटल बिहारी वाजपेयी के नेतृत्ववाली एन.डी.ए. सरकार के शासनकाल में 60 मिलियन बेरोजगार नौजवानों को रोजगार के अवसर उपलब्ध कराए गए, जबकि यू.पी.ए. के 10 वर्ष के शासनकाल में मात्र 53 मिलियन रोजगार उपलब्ध कराए गए, जो एन.डी.ए. शासनकाल के अवसरों का एक-तिहाई भी नहीं है।

युवाओं को रोजगार देने के अलावा देश को भ्रष्टाचार-मुक्त बनाना हमारा मुख्य लक्ष्य है। विगत कुछ वर्षों में यू.पी.ए. शासन के दौरान हुए भ्रष्टाचारों ने देश की अर्थव्यवस्था को तहस-नहस कर दिया है। यू.पी.ए. II शासन के दौरान 2जी स्पैक्ट्रम घोटाला, कोयला घोटाला, कॉमनवेल्थ घोटाला जैसे इतने बड़े घोटाले हो चुके हैं कि सारा देश शर्मसार है और युवा दिग्भ्रमित हैं। इस कारण पार्टी की युवा इकाई भ्रष्टाचार-मुक्त समाज के निर्माण के लिए सारे देश में व्यापक आंदोलन चला रही है, जिससे देश से भ्रष्टाचार को जड़ से उखाड़कर फेंका जा सके।

विदेशी बैंकों में कालेधन का मुद्दा नितांत आवश्यक है। भा.ज.पा. विदेशों में पड़े कालेधन को देश में वापस लाने हेतु कृतसंकल्प है। जैसाकि हम जानते हैं कि यदि विदेशी बैंकों में जमा कालाधन देश में वापस आ जाता है तो देश पर सारे कर्ज को उतारकर विभिन्न परियोजनाओं के संचालन हेतु पर्याप्त धन उपलब्ध कराया जा सकता है। भा.ज.पा. इसके लिए कृतसंकल्प है और भा.ज.पा. सरकार बनने के बाद इस पर तुरंत आवश्यक कदम उठाए जा रहे हैं।

शिक्षा के क्षेत्र में भा.ज.पा.

विकास और शिक्षा के माध्यम से वंचितों को मुख्यधारा में लाना भा.ज.पा.

का मुख्य ध्येय रहा है। एन.डी.ए. के शासनकाल में 'सर्वशिक्षा अभियान' के अंतर्गत देश के पिछड़े इलाकों में शिक्षा का विस्तार किया गया। भा.ज.पा. शासित राज्यों में रिकॉर्ड संख्या में सरकारी विद्यालय खोले गए। जिन प्राथमिक विद्यालयों में शिक्षकों की कमी थी, वहाँ शिक्षकों की भरती की गई।

तकनीकी शिक्षा (Technical Education) के विकास हेतु अनेक इंजीनियरिंग कॉलेज खोले गए। भा.ज.पा. युवा मोरचा द्वारा जारी शिक्षा अभियान प्रारंभ किया गया है; क्योंकि भारतीय जनता पार्टी इस सिद्धांत में विश्वास करती है कि शिक्षित युवक ही आगे आनेवाले समय में आधुनिक व समृद्ध राष्ट्र का निर्माण कर सकता है।

भा.ज.पा. के आदर्शों व उद्देश्यों के प्रयोजन के समझने हेतु माननीय श्री लालकृष्ण आडवाणी द्वारा 6 मार्च, 1996 को उनकी 'सुराज यात्रा' के दौरान कहे गए वाक्य आदर्श प्रतीत होते हैं—

" 'दिल्ली चलो' का नारा, जो नेताजी सुभाषचंद्र बोस द्वारा उद्घोषित किया गया था, वह सभी देशभक्तों के लिए प्रेरणास्रोत बन गया। उस समय 'दिल्ली चलो' नारे का उद्देश्य स्वराज था। यद्यपि हमें स्वराज प्राप्त किए आधी सदी बीत चुकी है, किंतु हमें अभी तक सुराज के दर्शन नहीं हुए। आइए, भारतीय जनता पार्टी को सुराज लाने का साधन बनाएँ। इस सुराज की यात्रा के द्वारा हम भारतीय जनता पार्टी की सुरक्षा, शुचिता, समरसता और स्वदेशी के संदेश और इसकी सांस्कृतिक-राष्ट्रवाद (हिंदुत्व) की विचारधारा को जन-जन तक पहुँचा दें।"

□

सुदृढ़ विचारधारा का दल भा.ज.पा.

भारतीय जनसंघ की स्थापना 1951 में डॉ. श्यामाप्रसाद मुकर्जी द्वारा भारत की एकता व अखंडता जैसे मुद्धों पर पं. नेहरू से विरोध के कारण हुई और आज भी देश की अखंडता एवं एकता का विषय देश की राजनीति का प्रमुख विषय बना हुआ है। जैसाकि हम सभी जानते हैं कि डॉ. मुकर्जी पं. जवाहरलाल नेहरू के मंत्रिमंडल में उद्योग मंत्री थे और नेहरूजी ने मतभेद के चलते मंत्रिमंडल से त्यागपत्र देकर एक राष्ट्रवादी व सुदृढ़ विचारधारावाले दल का निर्माण किया। इस दल का वैचारिक अधिष्ठान सांस्कृतिक-राष्ट्रवाद था।

'चरैवेति' जनसंघ की कार्यशैली का मूलमंत्र रहा है। भा.ज.पा. का मूल आधार सुदृढ़ विचारधारा व सांस्कृतिक राष्ट्रवाद ही रहा। भा.ज.पा. एक सामान्य राजनैतिक दल नहीं, बल्कि एक सुदृढ़ सैद्धांतिक आधार पर काम करनेवाला राजनैतिक आंदोलन है, जिसकी प्रेरणा भारत और भारतीयता है। यह भारतीयता मात्र सांस्कृतिक गौरव नहीं, बल्कि देश की अंतर्निहित शक्ति का मूल होता है।

हिंदुत्व भारत की संस्कृति एवं परंपरा का प्रतीक है। हिंदुत्व एक जीवन शैली है, जैसाकि सर्वोच्च न्यायालय ने 1995 में दिए गए अपने फैसले में निरूपित किया है।

यह मात्र जीवन-शैली ही नहीं, भारत की आर्थिक संपन्नता, संघर्ष-क्षमता और बौद्धिक-क्षमता का मूल स्रोत भी है। हिंदुत्व ही सामाजिक

समरसता का संदेश देता है और इन सबसे बढ़कर यह भारत की राष्ट्रीय शैली का प्रतीक है। इसलिए हिंदुत्व हमारे लिए एक प्रेरणादायी एवं उदार विचार है। जिस उदार शैली को परंपरागत रूप से भारतीय संस्कृति में पोषित किया गया है, उस आधुनिक युग की आवश्यकताओं के अनुरूप पं. दीनदयाल उपाध्याय के एकात्म मानववाद का रूप दिया, जिसमें व्यक्ति से लेकर समाज, राष्ट्र, विश्व, प्रकृति और परमात्मा तक सभी का एक सहज एवं सतत संबंध बताया गया है। यह विचार संघर्ष को नहीं, समन्वय को प्रेरित करता है।

भा.ज.पा. की विचारधारा में समाज के दबे-कुचले दलित और पिछड़े वर्गों का उत्थान केंद्रीय बिंदु है; क्योंकि इसके बिना समाज के समग्र विकास की कल्पना नहीं की जा सकती। एकात्म मानववाद के दर्शन में अंत्योदय की भावना समाज की अंतिम सीढ़ी पर खड़े हुए व्यक्ति का उदय भा.ज.पा. विचारधारा को परिपूर्णता तक पहुँचाती है।

किसी भी राष्ट्र का मुख्य आधार उसकी संस्कृति में निहित होता है, न कि उसकी राजनैतिक शक्ति में। भारत की सांस्कृतिक धारा में राष्ट्रीयता की भावना उसकी संस्कृति में सहज रूप से गतिमान रहती है। श्रीराम जन्मभूमि का आंदोलन इसी धारा का सहज प्रकटीकरण था। देश की चारों दिशाओं में धारा 370 को हटाने एवं Common Civil Code का विचार सांस्कृतिक एकता की स्वाभाविक अभिव्यक्ति है। वास्तव में श्रीराम की जन्मभूमि पर भव्य मंदिर का निर्माण शब्द की अस्मिता का विषय है, यह देश के सवा सौ करोड़ लोगों की आस्था का विषय है, इसमें सबूतों आदि का कोई स्थान नहीं है। भारत की राष्ट्रीय एकता और सांस्कृतिक चेतना के लिए प्रारंभ से भारतीय जनसंघ कृत संकल्प रहा है और 1980 में भा.ज.पा. के गठन के बाद यही भा.ज.पा. का भी मुख्य उद्‌देश्य रहा है। जैसाकि हम सभी जानते हैं कि डॉ. श्यामाप्रसाद मुकर्जी ने देश की एकता और अखंडता हेतु भारतीय जनसंघ का गठन किया था। वर्ष 1953 में जम्मू और कश्मीर में राष्ट्रीय एकता के साथ हो रहे विश्वासघात के विरोध में जनमत तैयार करने के लिए डॉ. मुकर्जी को अपने प्राणों की आहुति देनी पड़ी। वर्ष 1991 में भा.ज.पा.

के वरिष्ठ नेता डॉ. मुरली मनोहर जोशी ने श्रीनगर में लालचौक पर अपनी जान की परवाह न करते हुए तिरंगा फहराने के लिए कन्याकुमारी से कश्मीर तक की 'एकता यात्रा' की थी। आपातकाल के दिनों में जब देश के सभी नेता, जिसमें लोकनायक जयप्रकाश नरायण, चौधरी चरणसिंह, अटल बिहारी वाजपेयी, लालकृष्ण आडवाणी, डॉ. मुरली मनोहर जोशी, राजनारायण आदि जेल में डाल दिए गए, देश में लोकतंत्र की बहाली के लिए भारतीय जनसंघ व राष्ट्रीय स्वयंसेवक संघ के सदस्यों ने त्याग की जो मिशाल पेश की, उसे भारत के इतिहास में कभी भी भुलाया नहीं जा सकता। स्वतंत्रता-प्राप्ति के पश्चात् जितने भी आंदोलन हुए, उनमें अयोध्या के राम जन्मभूमि आंदोलन को सदैव याद किया जाता रहा है। आडवाणीजी के नेतृत्व में 'सोमनाथ-अयोध्या यात्रा' निकली, जिसे छद्म-धर्मनिरपेक्षता के प्रतीक लालू प्रसाद यादव ने बिहार में श्री अडवाणी को गिरफ्तार कर आंदोलन को रोकने का प्रयास किया और जिसके कारण केंद्र में श्री विश्वनाथ प्रताप सिंह की सरकार गिर गई। परंतु आडवाणीजी की इस यात्रा ने पूरे देश में एक नई ऊर्जा का संचार किया। इस आंदोलन से भारत में सांस्कृतिक राष्ट्रवाद को एक नई पहचान मिली। आजाद भारत में देश की एकता व अखंडता के लिए तीन प्रमुख आंदोलन क्रमशः कश्मीर के एकीकरण का आंदोलन, आपातकाल के विरुद्ध संघर्ष और राम मंदिर आंदोलन मील के पत्थर साबित हुए और भा.ज.पा. (भारतीय जनसंघ) इसकी अग्रदूत रही।

पं. दीनदयाल उपाध्याय का एकात्म मानववाद गाँव के गरीब किसानों-मजदूरों के कल्याण का पक्षधर रहा है। भारत की लगभग 70 प्रतिशत आबादी गाँवों में बसती है। देश की आर्थिक प्रगति का आधार कृषि है। यद्यपि कांग्रेस की गलत नीतियों के कारण 40 प्रतिशत किसान अब खेती छोड़ना चाहते हैं। भारतीय जनता पार्टी गाँव, गरीब और किसान उत्थान को सुनिश्चित करने के लिए प्रतिबद्ध है। किसान केवल हमारे देश की बहुसंख्यक जनता का भरण-पोषण ही नहीं करते हैं, अपितु ये सबसे बड़े उत्पादनकर्ता व उपभोक्ता हैं। ग्रामीण परिवेश किसानों में एक प्रकार की आत्मनिर्भरता स्थापित करता है।

एन.डी.ए. की सरकार ने गाँव में गरीबों व किसानों के लिए अनेक कदम उठाए हैं। अटलजी के नेतृत्ववाली एन.डी.ए. सरकार से भारत के इतिहास में पहली बार किसानों के लिए कृषि-ऋण ब्याज की दरों को 18 प्रतिशत से घटाकर 9 प्रतिशत तक किया। किसान क्रेडिट कार्ड प्रदान किए और कृषि-ऋण शर्तों को आसान किया। किसानों के लिए कृषि आय बीमा योजना प्रारंभ की है।

एन.डी.ए. सरकार में अनुसूचित जातियों और जनजातियों के कल्याण हेतु योजनाएँ चलाई गईं। एन.डी.ए. सरकार के कार्यकाल में अनुसूचित जाति व जनजाति आयोग के स्थान पर दो आयोग अनुसूचित जाति व अनुसूचित जनजाति आयोग बनाए गए और जनजातियों के कल्याण हेतु जनजाति मंत्रालय की स्थापना हुई। सन् 1999 में आदिवासी क्षेत्रों के विकास के लिए राष्ट्रीय-नीति का निर्माण हुआ।

यद्यपि देश में समय-परिवर्तन के साथ विभिन्न प्रकार की आर्थिक नीतियाँ अपनाई गईं, परंतु जनसंघ (अब भाजपा) एक सुदृढ़ विचारधारावाले दल के रूप में पं. दीनदयाल उपाध्याय के एकात्म मानववाद के सिद्धांत को अपनी आर्थिक नीति का आधार मानकर अंत्योदय की ओर अग्रसर है।

सामाजिक समरसता भाजपा का मुख्य ध्येय है भाजपा के लिए हिमालय से हिंद महासागर तक रहनेवाला प्रत्येक व्यक्ति भारतवासी यानी हिंदुस्तानी है। भारत ही उसकी जाति है, भारत ही उसका गाँव। सब जन एक हैं, सबकी जाति एक है, सबकी संस्कृति एक है और सबकी राष्ट्रीयता एक है। दुर्भाग्यवश देश के अनेक राजनीतिक दल छद्‍म-धर्मनिरपेक्षता के नाम पर, कहीं जाति-पाँति के नाम पर वोट बैंक की राजनीति करके अपनी स्वार्थ-साधना में लगे हुए हैं, परंतु भाजपा सामाजिक और आर्थिक वंचितों, अनुसूचित समूहों को समान अवसर तथा विशेष सम्मान मुहैया कराने के लिए प्रतिबद्ध है।

प्रत्येक दल महिला-सशक्तीकरण के नारे देता है, परंतु भाजपा ही मात्र ऐसा दल है, जो मानता है कि भारत के शक्तिशाली और समृद्धशाली होने में महिलाओं का सशक्त होना आवश्यक है। भाजपा संसद् में महिलाओं के

लिए 33% आरक्षण का पुरजोर समर्थन करती रही है। भाजपा संगठन में भी महिलाओं का प्रतिनिधित्व बढ़ाने के लिए निरंतर प्रयास हो रहे हैं। मंडल स्तर से लेकर शीर्ष स्तर तक महिलाओं के नेतृत्व को आगे बढ़ाने के प्रयास जारी हैं।

यदि 20वीं शताब्दी को भारत की स्वतंत्रता की शताब्दी माना जाता है, तो निस्संदेह 21वीं शताब्दी भारत के राष्ट्र-निर्माण की शताब्दी होगी। जल्द ही भारत नरेंद्र मोदी के नेतृत्व में एक विकसित देश और आर्थिक महाशक्ति के रूप में जाना जाएगा। पिछले 50 वर्षों में आदरणीय अटलजी और आडवाणीजी की जोड़ी ने जिस सुराज और सुचिता का संदेश दिया है, भाजपा निश्चित रूप से स्वराज्य के साथ-साथ सुराज के स्वप्न को साकार करेगी। भाजपा राष्ट्र के सर्वांगीण विकास के लिए पं. दीनदयाल उपाध्याय के एकात्म मानववाद से सदैव प्रेरणा लेती रही है। राष्ट्रीय स्वाभिमान के लिए क्षत्रपति शिवाजी और सामाजिक समरसता सुनिश्चित करने के लिए महात्मा फुले भाजपा के पथ-प्रदर्शक रहेंगे।

□

एकात्म मानववाद के वैचारिक पक्ष को उजागर करनेवाले युग पुरुष (भारत रत्न अटल बिहारी वाजपेयी)

राष्ट्रवाद और राष्ट्रीय एकता के मुद्दों पर पं. जवाहरलाल नेहरू से मतभेद के कारण डॉ. श्यामाप्रसाद मुकर्जी ने नेहरू मंत्रिमंडल से त्यागपत्र देकर भारतीय जनसंघ की स्थापना 1951 में की। तत्कालीन सरसंघचालक पूज्य गुरु गोलवलकर के निर्देश पर संघ से भारतीय जनसंघ में आनेवाले प्रमुख राजनेताओं में श्री अटल बिहारी वाजपेयी थे, जो बाद में भाजपा के सबसे कद्दावर नेता बने। डॉ. श्यामाप्रसाद मुकर्जी के असामयिक निधन के बाद पार्टी के वैचारिक पक्ष के प्रणेता पं. दीनदयाल उपाध्याय बने और उन्होंने एकात्म मानववाद का दर्शन प्रतिपादित किया तथा इसके वैचारिक पक्ष को उजागर करने का काम श्री अटल बिहारी वाजपेयी ने किया।

25 दिसंबर, 1924 को आगरा जिले के बटुकेश्वर में जनमे अटलजी 15 वर्ष की आयु में ही राष्ट्रीय स्वयंसेवक संघ की उच्चतम सोच और सिद्धांतों से प्रभावित होकर संघ में शामिल हो गए। 1942 में 'भारत छोड़ो आंदोलन' में भाग लेने के कारण वे जेल में डाल दिए गए, तब उनकी आयु मात्र 16 वर्ष थी। भारतीय जनसंघ से जुड़ने के बाद डॉ. श्यामाप्रसाद मुकर्जी और पं. दीनदयाल उपाध्याय के सान्निध्य में राष्ट्रवाद की राजनीति का पाठ

पढ़ा। साथ-ही-साथ राष्ट्रवाद एवं राष्ट्रीय एकता पर काम कर रही पत्रिकाओं पाञ्चजन्य, राष्ट्रधर्म, दैनिक स्वदेश, वीर अर्जुन आदि का संपादन किया। 1968 से 1973 तक भारतीय जनसंघ के अध्यक्ष रहे। 1957 में बलरामपुर सीट से जीतकर लोकसभा में पहुँचे। उनके लोकसभा में पहले भाषण से तत्कालीन प्रधानमंत्री पं. जवाहरलाल नेहरू इतने प्रभावित हुए कि उन्होंने अटलजी के पास जाकर यह कहा, "तुम एक दिन देश के प्रधानमंत्री अवश्य बनोगे।" नेहरूजी ने यह बात तब कही थी, जब कोई यह सोच भी नहीं सकता था कि वह उस पद पर पहुँचेंगे। पं. दीनदयाल उपाध्याय की असामयिक मृत्यु के पश्चात् उनकी और श्री लालकृष्ण अडवाणीजी की जोड़ी ने न सिर्फ संगठन को मजबूत किया, बल्कि एकात्म मानववाद के साध्य अंत्योदय को मूर्तरूप देने का प्रयास किया। 19 अप्रैल, 1998 को अटलजी देश के प्रधानमंत्री बने और उनके नेतृत्ववाली एन.डी.ए. की सरकार ने गरीबों के लिए अनेक योजनाएँ प्रारंभ कीं और अनेक कदम उठाए, जिससे देश का सर्वांगीण विकास सुनिश्चित हो सके।

वाजपेयी सरकार की प्रमुख उपलब्धियाँ—

1. राष्ट्र का स्वाभिमान श्री अटलजी की प्राथमिकता सदा रहा। इसी कारण वर्ष 1971 में पाकिस्तान के साथ युद्ध में विजय पर अटलजी ने तत्कालीन प्रधानमंत्री श्रीमती इंदिरा गांधी को 'दुर्गा' की उपाधि थी। उन्हें अपनी राष्ट्रभाषा हिंदी से अथाह प्रेम था। इसी कारण 1977 में देश के विदेश मंत्री के रूप में संयुक्त राष्ट्र संघ की जनरल एसेंबली में हिंदी में बोलनेवाले पहले व्यक्ति बने।
2. प्रधानमंत्री बनने के एक माह के भीतर ही सन् 1998 में भारत ने पोखरण में पाँच भूमिगत परमाणु-परीक्षण किए, जिससे भारत एक परमाणु संपन्न राष्ट्र के रूप में घोषित हुआ। घोर अंतरराष्ट्रीय आलोचनाओं, आर्थिक प्रतिबंधों के बावजूद अटलजी ने बगैर किसी के दबाव में आए भारत के परमाणु-परीक्षण को सही

ठहराया और पूरे विश्व को अवगत करा दिया कि यह परमाणु-परीक्षण विकास के लिए है।

3. देश में आवागमन व ट्रांसपोर्टेशन को सुचारु बनाने के लिए उन्होंने राष्ट्रीय राजमार्ग विकास परियोजना प्रारंभ की। इस परियोजना में उन्होंने विशेष रूप से व्यक्तिगत रुचि दिखाई, जिससे देश के दूरदराज के इलाकों को मुख्य शहरों से जोड़ा जा सके और दूरदराज के क्षेत्रों में रोजगार मुहैया कराया जा सके।
4. 'सर्वशिक्षा अभियान योजना' की शुरुआत वर्ष 2000 में हुई। इस योजना के अंतर्गत 6 से 14 वर्ष तक के बच्चों को नि:शुल्क और अनिवार्य शिक्षा का प्रावधान किया गया। इस योजना के कारण आर्थिक व सामाजिक रूप से पिछड़े बच्चों को शिक्षा प्राप्त करने में बहुत मदद मिली और प्राथमिक एवं सेकेंडरी स्कूलों में शिक्षा की गुणवत्ता में बहुत सुधार किया गया।
5. देश के उन गाँवों को, जो सड़क संपर्क से वंचित थे, शहरों से जोड़ने हेतु 'प्रधानमंत्री ग्राम सड़क योजना' प्रारंभ की गई। इस योजना की शुरुआत वर्ष 2000 में हुई, जिससे ग्रामीण जीवन की शैली काफी हद तक बदल गई।
6. वाजपेयीजी के प्रधानमंत्री काल में ही आदिवासी क्षेत्रों में शिक्षा के विकास व आदिवासियों के गरीबी उन्मूलन के लिए आदिवासी मंत्रालय का गठन हुआ। एन.डी.ए. सरकार द्वारा राष्ट्रीय अनुसूचित जनजाति आयोग का गठन किया गया। वर्ष 2000 में एन.डी.ए. के शासनकाल में National Scheduled Tribe Finance and Development Corporation की स्थापना की गई, जिसके अंतर्गत लगभग 5.5 लाख आदिवासियों को लगभग 968 करोड़ रुपए की आर्थिक सहायता दी जा चुकी है, जिससे ये आदिवासी आत्मनिर्भर बन रहे हैं।
7. एक सौ साल से भी ज्यादा पुराने कावेरी जल विवाद को अटलजी की सरकार ने सूझ-बूझ से सुलझाया।

8. संरचनात्मक ढाँचे के विकास के लिए कार्यदल, सॉफ्टवेयर के विकास के लिए सूचना और प्रौद्योगिकी कार्यदल का गठन, विद्युतीकरण में गति लाने के लिए केंद्रीय विद्युत् नियामक आयोग का गठन किया गया।
9. राष्ट्रीय राजमार्गों एवं हवाई अड्डों का विकास, नई टेलीकॉम नीति की घोषणा और कोंकण रेलवे की शुरुआत कर बुनियादी संरचनात्मक ढाँचे को मजबूत करने के कदम उठाए गए।
10. राष्ट्रीय सुरक्षा समिति, आर्थिक सलाहकार समिति, व्यापार और उद्योग समितियों का गठन किया गया।
11. आवश्यक उपभोक्ता सामान की कीमतें निर्धारित करने के लिए मुख्यमंत्रियों का सम्मेलन बुलाया।
12. उड़ीसा के सर्वाधिक गरीब क्षेत्र के लिए सात सूत्रीय गरीबी उन्मूलन कार्यक्रम शुरू किया।
13. आवास-निर्माण को प्रोत्साहन देने के लिए अर्बन सीलिंग ऐक्ट समाप्त किया।
14. ग्रामीण रोजगार सृजन हेतु व विदेशों में बसे भारतीय मूल के लोगों के कल्याण हेतु बीमा योजना प्रारंभ की।

भारतीय जनता पार्टी के सबसे कद्दावर नेता के रूप में श्री अटलजी ने न सिर्फ एकात्म मानववाद के वैचारिक पक्ष को उजागर किया, बल्कि 6 वर्ष के प्रधानमंत्रित्वकाल में उन्होंने एकात्म मानववाद को पूरा करने के संकल्प के साथ काम किया। कुशल वक्ता, सहृदय कवि के साथ-साथ उनके व्यक्तित्व में राष्ट्र के प्रति उनकी वैयक्तिक संवेदनशीलता आद्योपांत प्रकट होती है। उनके संकल्प, उनके निम्न वाक्य से स्पष्ट होते हैं—

"भारत को लेकर मेरी एक दृष्टि है, ऐसा भारत, जो भूख, भय एवं अभाव से मुक्त हो।"

□

प्रधानमंत्री के रूप में अटलजी का कार्यकाल उपलब्धियों भरा रहा

—लालकृष्ण आडवाणी

1951 में डॉ. श्यामाप्रसाद मुकर्जी ने भारतीय जनसंघ की स्थापना की। डॉ. मुकर्जी के व्यक्तित्व तथा गठित नई पार्टी की नीतियों और कार्यक्रमों ने हजारों देशभक्त युवाओं को अपनी ओर आकर्षित किया, जिनकी मूल दीक्षा राष्ट्रीय स्वयंसेवक संघ में हुई थी। इनमें प्रमुख थे—पं. दीनदयाल उपाध्याय, नानाजी देशमुख, अटल बिहारी वाजपेयी, कुशाभाऊ ठाकरे, सुंदर सिंह भंडारी, जगन्नाथ राव जोशी, पी. परमेश्वरन, डॉ. बलदेव प्रकाश और केवल रत्न मलकानी।

मेरा अपना राजनीतिक जीवन सन् 1951 में शुरू हुआ। इसलिए 1952 से होनेवाले भारत के प्रत्येक आम चुनाव में मुझे या तो प्रचारकर्ता या फिर एक उम्मीदवार के रूप में भाग लेने का मौका मिलता रहा। मैं अपने लिए यह सौभाग्य मानता हूँ कि मुझे हमारी पार्टी के विचारक दीनदयालजी, हमारी पार्टी के सबसे कद्दावर नेता अटलजी और नानाजी देशमुख के साथ निकट से काम करने का मौका मिला। नानाजी ने हम सबके सामने यह सिद्ध कर दिखाया कि कैसे राजनीतिक गतिविधियों को ग्रामीण जनता के लिए रचनात्मक कार्यों के साथ मिलकर चलाया जा सकता है।

जैसाकि मैंने इस ब्लॉग के प्रारंभ में कहा कि मेरे राजनीतिक जीवन में

अटलजी के साथ काम करने का अवसर मिलने को मैं अत्यंत सौभाग्यशाली मानता हूँ। मैं निश्चित रूप से मानता हूँ कि कोई भी राजनीतिक विश्लेषण जब अटलजी के 6वर्षीय शासन का निष्पक्ष आकलन करेगा, तो उसे स्वीकारना ही होगा कि 1998 से 2004 तक का एन.डी.ए. शासन उपलब्धियों से भरा है और उसे अक्षरशः कुछ भी गलत नहीं मिलेगा। इस अवधि की उपलब्धियों को यदि सार के रूप में कहना है तो वे निम्नलिखित हैं—

1. प्रधानमंत्री बनने के कुछ ही महीनों में भारत परमाणु हथियार संपन्न देश बना।
2. आर्थिक क्षेत्र में सरकार ने आधारभूत ढाँचे—राजमार्गों, ग्रामीण सड़कों, सिंचाई, ऊर्जा पर ध्यान केंद्रित किया।
3. कंप्यूटर सॉफ्टवेयर में भारत को सुपर पावर बनाया।
4. अमरीका द्वारा आर्थिक प्रतिबंधों के बावजूद अटलजी ने एन.डी.ए. के 6 वर्षीय शासन में मुद्रास्फीति पर सफलतापूर्वक नियंत्रण रखा।
5. 6 वर्षीय शासन सुशासन, विकास और गठबंधन का मॉडल था।
6. सरकार के विरुद्ध भ्रष्टाचार की कोई चर्चा तक नहीं थी।
7. नदियों को जोड़ने की महत्त्वाकांक्षी योजना की नींव एक टास्क फोर्स ने रखी, जिसके लिए एक कैबिनेट मंत्री को मुक्त कर इस कार्य में जुटाया गया।

मैं इसे अटलजी की विशिष्ट विलक्षणता मानता हूँ कि इतनी उपलब्धियाँ होने के बावजूद मैंने कभी भी उनमें अहंकार या अहं की तनिक भी झलक नहीं पाई। इसलिए सन् 1947 से अब तक के प्रधानमंत्रियों के लेखा-जोखा की बात करते समय मैं कह सकता हूँ कि उनका कार्यकाल सबसे ज्यादा उपलब्धियों भरा रहा है।

(श्री लालकृष्ण आडवाणी द्वारा लिखित 'राष्ट्र सर्वोपरि' से उद्धृत)

□

नैतिक मूल्यों और एकात्म मानववाद के अग्रदूत लालकृष्ण आडवाणी

भा.ज.पा. के लौहपुरुष के रूप में विख्यात देश के पूर्व उप प्रधानमंत्री श्री लालकृष्ण आडवाणी सत्तर के दशक में सर्वाधिक महत्त्वपूर्ण नेताओं में से एक रहे हैं। पचास वर्षों से अधिक समय से श्री अटलजी के सहयोगी के रूप में देश के राजनीतिक परिदृश्य में महत्त्वपूर्ण और निर्णायक भूमिका निभाई। पहले भारतीय जनसंघ और बाद में भारतीय जनता पार्टी के विकास में उनका अमूल्य योगदान रहा। वे व्यक्तिगत व सामाजिक जीवन में नैतिक-मूल्यों को सदा ही अपनाते रहे। हवाला मामले में अपना नाम आने पर लोकसभा से त्यागपत्र दे दिया और सदन में तभी घुसे, जब वे हवाला में बेदाग साबित हुए।

राष्ट्र के प्रति समर्पण और देशभक्ति के विचारों ने श्री आडवाणी को मात्र 14 वर्ष की आयु में ही राष्ट्रीय स्वयंसेवक संघ से जुड़ने के लिए प्रेरित किया। आडवाणीजी के लिए 1947 में देश को मिली आजादी के जश्न का आनंद क्षणिक था, क्योंकि लाखों लोगों के साथ उन्हें भी भारत-विभाजन की त्रासदी झेलनी पड़ी और खून-खराबे के बीच अपना जन्मस्थान कराची छोड़ना पड़ा। यद्यपि इन घटनाओं के कारण उनके स्वभाव में कभी भी किसी के प्रति कटुता नहीं आई और न ही कभी नकारात्मक भाव पैदा हुए, बल्कि एक स्वस्थ भारत के निर्माण की उनकी अभिलाषा और बलवती हुई। उन्होंने बॉम्बे के

गवर्नमेंट कॉलेज से एल-एल.बी. की शिक्षा ली थी और चाहते तो वकालत करके एक आलीशान जीवन जी सकते थे, परंतु उन्होंने संघ के प्रचारक का काम भारत में जारी रखा और सन् 1947 से 1951 के बीच राजस्थान में अलवर, भरतपुर, कोटा, बूँदी और झालावाल में प्रचारक के रूप में काम किया।

> 'आडवाणीजी की अटूट तपस्स्या और दृढ़ संकल्प ने ही आज भाजपा को इस मुकाम पर पहुँचाया है। हम सभी उनसे बहुत कुछ सीख सकते हैं।'
>
> **—नरेंद्र मोदी**
>
> (आडवाणीजी के 88वें जन्मदिन पर)

सन् 1951 में जब डॉ. श्यामाप्रसाद मुकर्जी ने एक राष्ट्रवादी पार्टी 'भारतीय जनसंघ' की स्थापना का निर्णय लिया तो उनकी मदद के लिए संघ के कुछ कार्यकर्ता जनसंघ में भेजे गए। इनमें पं. दीनदयाल उपाध्याय, अटल बिहारी वाजपेयी, नानाजी देशमुख, सुंदर सिंह भंडारी, जगन्नाथ राव जोशी, पी. परमेश्वर, डॉ. बलदेव प्रकाश तथा के.आर. मल्कानी के साथ-साथ लालकृष्ण आडवाणी भी थे। उसके पश्चात् 1952 से होनेवाले प्रत्येक आम चुनाव में वे किसी-न-किसी रूप में जुड़े रहे हैं। वे उन सौभाग्यशाली लोगों में रहे, जिन्हें पं. दीनदयाल उपाध्याय, श्री अटल बिहारी वाजपेयी व नानाजी देशमुख के साथ निकट से काम करने का मौका मिला है। साथ ही वे भलीभाँति जानते हैं कि ग्रामीण जनता व वंचितों के लिए रचनात्मक कार्य कैसे चलाया जा सकता है और उनका कल्याण कैसे किया जा सकता है, जोकि सही अर्थों में एकात्म मानववाद का लक्ष्य है। वे 1957 में अटल बिहारी वाजपेयी की मदद के लिए दिल्ली आ गए और 1958 से 1963 तक दिल्ली राज्य में जनसंघ के मंत्री का दायित्व सँभाला। वर्ष 1960 से 67 तक राष्ट्रीय स्वयंसेवक संघ की राजनीतिक पत्रिका 'ऑर्गनाइजर' में सहायक संपादक का पद सँभाला। अप्रैल 1970 में वे राज्यसभा के लिए चुने गए। देश में आपातकाल की घोषणा होने पर विपक्ष के शीर्ष नेताओं के साथ गिरफ्तार किए गए और बेंगलुरु सेंट्रल जेल में बंद किए गए। मार्च 1977 में केंद्र में जनता पार्टी की सरकार बनने के बाद केंद्र सरकार में सूचना तथा

प्रसारण मंत्री बनाए गए। सूचना एवं प्रसारण मंत्री के रूप में उनकी महान् उपलब्धियों में देश में प्रेस व मीडिया की आजादी की बहाली रही।

जनता पार्टी के विघटन के पश्चात् 1980 में जनसंघ जनता पार्टी से अलग हुआ और 1980 में भाजपा का गठन हुआ। श्री अटल बिहारी वाजपेयी इसके अध्यक्ष बने तो श्री लालकृष्ण आडवाणी ने पार्टी के महासचिव का उत्तरदायित्व सँभाला। 1980-86 तक महासचिव का पद सँभाला और मई 1986 में भाजपा के अध्यक्ष बनाए गए तथा 3 मार्च, 1988 को पुन: अध्यक्ष बनाए गए।

1980 के दशक के उत्तरवर्ती वर्षों से लेकर 1990 के दशक तक श्री आडवाणीजी ने भारतीय जनता पार्टी को एक राष्ट्रीय राजनीतिक शक्ति के रूप में बनाने के लिए एकमात्र लक्ष्य पर अपना ध्यान केंद्रित किया और उनके प्रयासों का परिणाम 1989 के चुनावों में देखने को मिला। जिस भाजपा को 1984 में मात्र दो सीटें मिली थीं और अटलजी समेत सभी शीर्ष नेता चुनाव में पराजित हो गए थे, वहीं 1989 चुनावों में यह संख्या प्रभावशाली ढंग से बढ़कर 86 हो गई और वर्ष 1992 में यह संख्या 121 व 1996 में 161 सीटें, 1998 में 182 सीटें जीतकर पार्टी को अप्रत्याशित सफलता दिलाई तथा 1998 में भाजपा के नेतृत्व में एन.डी.ए. सरकार का गठन हुआ। 1990 में उन्होंने सोमनाथ से अयोध्या तक 'रामरथ यात्रा' शुरू की। 1997 में भारत की स्वतंत्रता की स्वर्ण जयंती मनाने के लिए 'स्वर्ण जयंती रथ यात्रा' की। 13 अक्तूबर, 1999 से 13 मई, 2004 तक देश के उप-प्रधानमंत्री और गृहमंत्री रहे।

श्री अडवाणी सुदृढ़ पारिवारिक परंपराओं को माननेवाले एक भावुक व्यक्ति हैं। आडवाणीजी का योगदान केवल एक राजनेता तक ही सीमित नहीं है। देश के प्रमुख मुद्दों की सार्वजनिक चर्चाओं में भी उनकी उपस्थिति प्रभावकारी रही है। हमारी सार्वजनिक व राजनीतिक चर्चाओं में उनके द्वारा प्रतिपादित सही परिप्रेक्ष्य सदैव याद किया जाएगा। वे देश के प्रमुख राजनेताओं में हैं, जिन्होंने देश को छद्‌म धर्मनिरपेक्षता की गिरफ्त से बाहर निकाला। धर्मनिरपेक्षता का वह रूप जिसमे मुसलमानों सहित सभी वर्गों के लोगो के मस्तिष्क ने भय के रूप में प्रस्तुत करके स्वयं को अल्पसंख्यकों के उद्धारक के रूप में प्रस्तुत

करने की प्रवृत्ति से ये लोग अपनी राजनैतिक रोटियाँ सेंका करते थे। ये लोग स्वयं को धर्मनिरपेक्षता के मसीहा के रूप में प्रस्तुत कर बाकी सबको सांप्रदायिक घोषित करते रहे।

राम जन्मभूमि आंदोलन के लिए आडवाणीजी ने नेतृत्व में सोमनाथ से अयोध्या तक की यात्रा ने देश को विवश कर दिया कि आज तक हमारे देश में जो धर्मनिरपेक्षता के नाम पर परोसा गया है, उसके विषय में फिर से सोचें और जाँचें। इसके अतिरिक्त सरकार के संरक्षण में धर्म समाजवाद के रूप में जो अब तक परोसा जा रहा था, उसे फिर से देखा जाए और उसे सही परिप्रेक्ष्य में लोगों की चर्चा हेतु प्रस्तुत किया जाए।

एक चीज, जो सबको प्रभावित करती है, वह है, आडवाणीजी की विनम्रता। पूरे 50 वर्षों से अधिक राजनीति के शिखर पर रहे, काफी उच्च पदों पर आसीन रहे, इतनी प्रसिद्धि प्राप्त की, परंतु वे हमेशा मृदुभाषी और उदार बने रहे। वे बहुत ही लोकतांत्रिक हैं। वे पार्टी के संगठन और सरकार में सत्ता के विकेंद्रीकरण के हमेशा पक्षधर रहे हैं। उनका यह मानना रहा है कि सत्ता का एक ही स्थान पर केंद्रित होना भ्रष्टाचार का मुख्य कारण है, जबकि विकेंद्रित सत्ता ही स्वस्थ लोकतंत्र का निर्माण कर सकती है। वह अत्यधिक भरोसा करनेवाले हैं। वे अत्यंत धैर्यवान हैं। उन्होंने जीवन में कई धूर्तों को भी सहा है, लेकिन वे सबकुछ खामोशी से सहन करते हैं।

उनकी स्मरणशक्ति अद्वितीय है। उनका अध्ययन बहुत ही विस्तृत है। इसी कारण इस आयु में भी युवाओं की भाँति वे हर समय जिज्ञासु रहते हैं। नई-नई चीजों और नई-नई तकनीकों को सीखने हेतु वे हमेशा आतुर रहते हैं। संचार के आधुनिक माध्यमों साधारण कैसियों, डिजिटल डायरी, आई पॉड, आई पैड, आई फोन का प्रयोग बड़ी निपुणता से करते हैं। वे एक शानदार ब्लॉग लेखक हैं। संस्थागत सुधारों पर जजों की नियुक्ति की प्रक्रिया को लेकर, प्रधानमंत्रियों के उचित आचरण को लेकर, हमारी निर्वाचन-प्रणाली में सुधारों को लेकर, सार्वजनिक जीवन के अनेक पहलुओं पर, सार्वजनिक जीवन में शुचिता पर हमेशा जोर देते हैं। विदेशों में जमा काले धन की वापसी के लिए

सर्वप्रथम श्री आडवाणी ने आवाज उठाई थी और न्यायपालिका में पारदर्शिता लाने के लिए न्यायिक आयोग गठिन करने की वकालत की थी।

भा.ज.पा. में हो रहे घटनाक्रमों पर कभी-कभार उनकी तल्ख-टिप्पणी को लोग अन्यथा लेते हैं, परंतु वह उनकी उस संगठन के प्रति चिंता होती है, जिस संगठन को उन्होंने पचास वर्षों के अथक प्रयास से खड़ा किया है। भा.ज.पा. में उनकी अहमियत के विषय में संरसंघचालक पूजनीय श्री मोहन राव भागवत ने उनकी पुस्तक 'राष्ट्र सर्वोपरि' के विमोचन के अवसर पर एक कहानी सुनाई, जिसका संक्षिप्त वर्णन करना मैं आवश्यक समझता हूँ—

"एक गाँव में एक पुजारी रहा करते थे, वे नित्य मिट्टी के बरतन में हवन किया करते थे और शाम को प्रतिदिन उनकी पत्नी उस बरतन को साफ किया करती थीं। एक दिन गलती से उनकी पत्नी ने पान खाकर उस बरतन में थूक दिया और बरतन को जब साफ करने लगीं तो उसमें सोने का सिक्का मिला। यह सुनने के बाद पूरे गाँव के लोग सोने के सिक्के के लालच में पूजा के पात्र में थूकने लगे। अंततः पुजारी ने गाँव छोड़ने का मन बना लिया, परंतु जब वे गाँव से बाहर जाने लगे तो देखा कि गाँव के सभी घरों में आग लगने लगी। लोग समझ गए, पुजारी जब तक गाँव में रहेंगे, तब तक सुख-शांति बनी रहेगी।"

पूज्य भागवत ने भा.ज.पा. के लिए श्री आडवाणी की तुलना उसी पुजारी से की, जिसके रहने से गाँव में सुख-शांति बनी रहती थी। आडवाणीजी ने अपने अथक परिश्रम से इस दल को पल्लवित व पुष्पित किया है, उनके अनुभव व आशीर्वाद से ही पार्टी पं. दीनदयाल उपाध्याय के एकात्म मानववाद के लक्ष्य को प्राप्त कर सकती है। अपनी राजनीतिक सूझ-बूझ और सबको साथ लेकर चलने की नीति के कारण वे अपने समर्थकों व आलोचकों के बीच समान रूप से लोकप्रिय और सम्मानित हैं। राष्ट्रीय एकता और अखंडता में विश्वास रखनेवाला हर जिज्ञासु आडवाणीजी ने अनुभव व आशीर्वाद की चाह रखता है और चाहता है कि लंबे समय तक वे हमारा मार्गदर्शन करते रहें।

□

राष्ट्र के पुनरुत्थान व अंत्योदय के लिए कृतसंकल्प प्रधानमंत्री श्री नरेंद्र मोदीजी

पं. दीनदयाल उपाध्याय के असामयिक निधन के बाद भारतीय जनसंघ की कमान श्री अटल बिहारी वाजपेयी व लालकृष्ण आडवाणी की जोड़ी ने सँभाली। इस जोड़ी ने लगभग 50 वर्षों के अथक परिश्रम से देश के राष्ट्रवादियों के दल भा.ज.पा. को देश के सबसे बड़े राजनीतिक दल के रूप में स्थापित किया और एकात्म मानववाद के सिद्धांत को मूर्तरूप देने का प्रयास किया। माननीय अटलजी अस्वस्थ होने के कारण सक्रिय राजनीति से संन्यास ले चुके हैं और श्री आडवाणी 87 वर्ष की आयु में अभिभावक के रूप में भा.ज.पा. का मार्गदर्शन कर रहे हैं। अब 21वीं सदी में देश को विकास की ऊँचाइयों पर ले जाने का उत्तरदायित्व 64 वर्षीय नरेंद्र दामोदर मोदी पर है, जो अपने रचनात्मक कार्यों के कारण चार बार (2001 से 2014) तक गुजरात में भा.ज.पा. की सरकार बनवाने में सफल रहे हैं, देश के प्रधानमंत्री हैं और इस समय देश के सबसे लोकप्रिय नेता हैं। अटलजी की ही भाँति वे राजनीति शास्त्र में स्नातकोत्तर हैं, लोकप्रिय हैं तथा एक कवि हैं। श्री नरेंद्र मोदी ने गुजराती भाषा के अतिरिक्त हिंदी भाषा में भी देशप्रेम से ओत-प्रोत कविताएँ लिखी हैं।

नरेंद्र दामोदर मोदी का जन्म 17 सितंबर, 1950 को गुजरात में महेसाणा

जिले में स्थित वडनगर ग्राम में श्रीमती हीराबेनमोदी और श्री दामोदर दास मोदी की चौथी संतान के रूप में एक मध्यवर्गीय परिवार में हुआ। परिवार के काम में हाथ बँटाते हुए पिताजी की दुकान पर कर्मठ नरेंद्र ने स्टेशन पर चाय भी बेची। बचपन में ही उन्हें संघ से लगाव हुआ और संघ के प्रचारक बन गए। शीघ्र ही शीर्ष नेताओं ने उनकी प्रतिभा को पहचाना और 1995 में भारतीय जनता पार्टी के राष्ट्रीय मंत्री बना दिए गए तथा उन्हें पाँच प्रमुख राज्यों में पार्टी संगठन का काम दिया गया, जिसका उन्होंने बहुत ही कुशलता के साथ निर्वाह किया। सन् 1998 में उन्हें पार्टी का महामंत्री (संगठन) का उत्तरदायित्व सौंपा गया। इस पर वे अक्तूबर 2001 तक रहे, उसके पश्चात् उन्हें गुजरात के मुख्यमंत्री के रूप में भेजा गया।

गुजरात के मुख्यमंत्री के रूप में गुजरात के सर्वांगीण विकास के लिए उन्होंने जो कदम उठाए, उससे पूरा देश ही नहीं, पूरा विश्व चकित रहा। एक मुख्यमंत्री के रूप में उन्होंने निम्न योजनाएँ क्रियान्वित कीं—

1. **पंचामृत योजना**—प्रदेश के एकीकृत विकास की पंचायामी योजना।
2. **सुजलाम-सुफलाम**—राज्य में जलस्रोतों का उचित व समुचित उपयोग, जिससे जल की बरबादी रोकी जा सके।
3. **कृषि महोत्सव**—इसके अंतर्गत उपजाऊ जमीन के लिए शोध प्रयोगशालाएँ स्थापित की गईं।
4. **चिरंजीवी योजना**—राज्य में नवजात शिशुओं की मृत्यु में कमी लाने के लिए।
5. **बेटी बचाओ योजना**—कन्या भ्रूण हत्या पर अंकुश लगाने और लिंगानुपात को संतुलित बनाए रखने के लिए।
6. **ज्योतिर्गम योजना**—प्रत्येक ग्राम में 24 घंटे बिजली आपूर्ति सुनिश्चित करने हेतु।
7. **कन्या कलावाणी योजना**—महिला साक्षरता व शिक्षा के प्रति जागरूकता हेतु।

8. **कर्मयोगी अभियान**—सरकारी कर्मचारियों को अपने कर्तव्य के प्रति निष्ठा जगाने हेतु।
9. **बालभोग योजना**—निर्धन छात्रों को दोपहर में भोजन।
10. **वनबंधु विकास कार्यक्रम**—आदिवासियों, वनवासियों, दलितों का उत्थान एकात्म मानववाद का मुख्य ध्येय रहा है। आदिवासियों व वनवासी क्षेत्र के विकास हेतु उन्होंने मुख्यमंत्री के रूप में एक दस-सूत्री कार्यक्रम चलाया—
    (क) आदिवासियों/वनवासियों के पाँच लाख परिवारों को रोजगार
    (ख) उच्चतर शिक्षा की गुणवत्ता
    (ग) आर्थिक विकास
    (घ) स्वास्थ्य
    (ङ) आवास
    (च) स्वच्छ पेयजल
    (छ) कृषि हेतु सिंचाई
    (ज) समग्र विद्युतीकरण
    (झ) प्रत्येक मौसम में सड़क की उपलब्धता
    (ञ) शहरी विकास।

एक मुख्यमंत्री के रूप में उनकी उपलब्धियों को देखते हुए वर्ष 2014 के आम चुनाव में भा.ज.पा. का नेतृत्व उन्हें सौंपा गया। देश के मतदाताओं ने नरेंद्र मोदी में अपनी आस्था व्यक्त की और अच्छे दिन की चाहत में उन पर विश्वास करके एन.डी.ए. को पूर्ण बहुमत दिया। मोदीजी ने अपने चुनाव प्रचार के दौरान 'न्यूनतम सरकार, अधिकतम प्रशासन' का वादा किया था, वे अपने इस वादे पर कायम हैं। उन्होंने दस सूत्री एजेंडा रखा है। यह निवेश संबंधी गतिरोध को हटाने के लिए है। यह अर्थव्यवस्था को पुन: पटरी पर लाने के लिए कामों को समयबद्ध खत्म करने के लिए है।

सरकार बनने के बाद संसद् में राष्ट्रपतिजी का अभिभाषण मोदी के इस दस-सूत्री एजेंडे के इर्द-गिर्द रहा। इसके अलावा इसमें कुछ योजना संबंधी घोषणाओं की झलक दिखाई दी, जो भा.ज.पा. के घोषणा-पत्र में थीं। इस दस-सूत्री एजेंडे में ये बातें शामिल हैं—

1. बेहतर अंतर मंत्रालय समन्वय।
2. अर्थव्यवस्था और बुनियादी ढाँचेवाले मंत्रालयों पर जोर।
3. शिक्षा, स्वास्थ्य, पानी, ऊर्जा व सड़क पर अधिक ध्यान।
4. नौकरशाही के भरोसे को फिर से बहाल करना।
5. अधिकतम सार्वजनिक संपर्क के लिए प्रोद्योगिकी के इस्तेमाल को बढ़ाना।
6. सरकारी मशीनरी के कामों में गति लाना।
7. स्थिर व स्थायी शासन सुनिश्चित करना।
8. शासन में पारदर्शिता होना।
9. ठेकों और सरकारी कामों के लिए इ-निलामी।
10. जनोन्मुखी तंत्र तैयार करना।

इसके अतिरिक्त राष्ट्रपति के अभिभाषण में कुछ योजना संबंधी घोषणाओं की झलक दिखी, जिसे मोदी सरकार का 'रोडमैप' कहा जा सकता है—

1. विकास के इंजन को फिर से पटरी पर लाया जाए। देश की आर्थिक विकास दर 5% पर अटकी हुई है। इसके लिए आवश्यक है, तंत्र में विश्वास और भरोसा फिर से हासिल किया जाए। माइक्रोबैलेंस को दुरुस्त किया जाए, विशेषकर राजकोषीय घाटे के संबंध में। इसे Calculations से नहीं, बल्कि सब्सिडी और अन्य फालतू खर्चों को घटाकर किया जाए। आमदनी का नया साधन ज्यादा निजीकरण, सब्सिडी पर युक्तिसंगत नियंत्रण और सकल घरेलू उत्पाद के अनुपात में कर सुधार।
2. विकास, महँगाई और गरीबी से निपटने हेतु सरकार वितरण-प्रणाली में सुधार लाना चाहती है। आपूर्ति पक्ष की कमियों को दूर करना

होगा। कृषि उत्पादकता बढ़ाने के लिए बड़े पैमाने पर बाहरी और आधुनिक प्रौद्योगिकी को अपनाना।

3. देश की बढ़ती हुई युवा आबादी के लिए नौकरी और रोजगार के अवसर कैसे उपलब्ध हों। इसके लिए विनिर्माण क्षेत्र का वास्तविक पुनरुद्धार आवश्यक है। नियामक ढाँचे पर फिर से पुनर्विचार आवश्यक है, विशेषकर श्रम कानूनों, शहरी समूहों के निर्माण और मजदूर वर्ग को कृषि के वैकल्पिक कामों की ओर ले जाने के मामले में।
4. मानव विकास सूचकांक के मामले में हमारा प्रदर्शन कैसे सुधरे। सेहत, शिक्षा और संबंधित मानकों से जुड़े विकास के मोरचे पर देश की निरंतर खराब होती स्थिति को सुधारने का प्रयास।
5. हाशिए पर स्थित क्षेत्रों, राज्यों और समुदायों को मुख्य धारा में लाने के लिए उनकी आर्थिक व सामाजिक स्थिति को सुदृढ़ किया जाए, क्योंकि विभिन्न स्तरों पर बढ़ती विषमता हमारी आर्थिक तरक्की व सामाजिक एकता को बरकरार रखने की दिशा में गंभीर चुनौती बनी हुई है।
6. अपने संघीय ढाँचे के अनुरूप बेहतर केंद्र व राज्यों के संबंधों को सुधारा जाए, क्योंकि अब समय आ चुका है कि अप्रचलित नियमों और औपनिवेशिक तौर-तरीकों के पुराने तंत्र को, जिसने हमारी शासन-प्रणाली को अपंग कर रखा है, हटा दिया जाए तथा एक आधुनिक और महत्त्वाकांक्षी देश की आवश्यकताओं के अनुरूप नए एजेंडे के अनुरूप कार्य-योजना बनाकर पहल की जाए। तभी 'अच्छे दिन आनेवाले हैं' की अनुभूति साकार होगी।

एन.डी.ए. सरकार की उपलब्धियाँ—यद्यपि पाँच-छह माह का कार्यकाल किसी सरकार की उपलब्धियाँ आँकने के लिए बहुत छोटा होता है, परंतु मोदी सरकार ने इस अल्प समय में जो कुछ किया है, वह इस बात का प्रमाण देता है कि 60 माह का जो समय मोदीजी ने माँगा था, उसमें बहुत कुछ हो सकेगा।

1. महंगाई दर में कमी—अगस्त माह में देश में महँगाई दर 3.5% अंकित

की गई, जो पिछले पाँच साल में न्यूनतम स्तर पर रही। इसी माह 7 वर्ष में पहली बार डीजल के दामों में कमी आई। एन.डी.ए. सरकार के आने के पश्चात् पेट्रोल के दामों में कई बार कमी आई। यह नरेंद्र मोदी सरकार द्वारा मुद्रास्फीति नियंत्रण करने के विभिन्न प्रयासों के कारण हुआ।

2. **काला धन वापसी**—काला धन वापस लाने के लिए SJT का गठन किया गया और सरकार के प्रयासों के परिणामस्वरूप स्विस सरकार सहित कई देश खाताधारकों के नाम बताने पर सहमत होते दिख रहे है।

3. **जनधन योजना**—प्रधानमंत्री के द्वारा 'जनधन योजना' प्रारंभ की गई, इस योजना का मुख्य उद्देश्य व्यापक वित्तीय समावेश करना है। इस योजना के उद्घाटन के लिए 1.5 करोड़ खाते खोले गए।

4. **भारत दो वर्ष में होगा मैन्यूफैक्चरिंग हब**—प्रधानमंत्री ने अपनी महत्त्वाकांक्षी योजना 'मेक इन इंडिया' पं. दीनदयाल उपाध्याय के जन्मदिन 25 सितंबर, 2014 को प्रारंभ की। इसको तेजी से लागू करने के लिए एक्सपर्ट्स की टीम बनाई गई और 25 सेक्टरों का चुनाव किया गया। श्री मोदी भारत को दो वर्ष में मैन्यूफैक्चरिंग हब बनाना चाहते हैं। उनकी योजना है कि निर्माण के क्षेत्र में विकास दर कम-से-कम 10% रहे, जिससे मार्केट में नौकरियों की संख्या बढ़े। इस योजना के तहत करीब 30,000 कंपनियों को न्योता भेजा गया है। इनमें अमरीका, जापान, कोरिया, पोलैंड, चीन, इटली, जर्मनी और फ्रांस की कंपनियाँ शामिल हैं। निवेशकों की समस्या सुलझाने के लिए इंडस्ट्री चैंबर फिक्की और डिपार्टमेंट ऑफ इंडस्ट्रियल पॉलिसी तथा प्रमोशन ने मिलकर आठ सदस्यीय टीम का गठन किया है।

5. **ढाँचागत विकास**—केंद्र सरकार के 2014 के बजट का केंद्रबिंदु बुनियादी ढाँचे का विकास था, जो विगत 10 वर्षों से उपेक्षित था। सरकार ने स्पेशल इकोनॉमिक जोन को पुनर्जिवित कर पीपीपी (सार्वजनिक-निजी भागीदारी) को व्यवस्थित किया और 'ढाँचागत निवेश ट्रस्ट' बनाकर Infrastructure क्षेत्र में बड़े पैमाने पर निवेश को आकर्षित किया है।

6. **डायमंड चतुर्भुज रेल नेटवर्क**—महत्त्वाकांक्षी 'डायमंड चतुर्भुज रेल नेटवर्क' के अंतर्गत देश के प्रमुख शहरों को जोड़ने की योजना शुरू की गई।

एन.डी.ए. ने अपनी महत्त्वाकांक्षी 100 स्मार्ट शहरों की परियोजनाओं के लिए नींव रखी हुई है। ग्रामीण क्षेत्रों में बुनियादी सुविधाओं के विकास के लिए सरकार ने 'श्यामाप्रसाद मुकर्जी अरबन मिशन' और 'दीनदयाल उपाध्याय ग्राम ज्योति योजना' की शुरुआत की है।

7. जी.ओ.एम., ई.जी.ओ.एम. समाप्त—प्रधानमंत्री ने केंद्र सरकार में जी.ओ.एम. एवं ई.जी.ओ.एम. समाप्त कर दिए, जिससे नीतिगत फैसले तुरंत लिये जा सकें और उन पर अमल किया जा सकें।

8. योजना आयोग समाप्त—आजादी के पश्चात् 1950 में तत्कालीन प्रधानमंत्री ने देश में पंचवर्षीय योजनाओं को तैयार करने के उद्देश्य से योजना आयोग का गठन किया गया था। लेकिन 60 साल के लंबे कांग्रेस शासन के दौरान यह वृद्ध व वरिष्ठ नेताओं को समायोजित करने का स्थान बन गया है। नरेंद्र मोदी सरकार ने योजना आयोग को समाप्त कर वैश्विक आर्थिक परिदृश्य को बदलने के दृष्टिकोण से एक नई संस्था का गठन करने का फैसला किया है।

9. जुडिशियल एपॉइंटमेंट कमीशन का गठन—न्यायिक पदों पर मंत्रियों, स्थानांतरण आदि में पारदर्शिता लाने के लिए सारे देश में जुडिशियल एपॉइंटमेंट कमीशन का गठन करने की माँग काफी समय से चली आ रही थी। एन.डी.ए. सरकार ने वर्तमान कोलिजियम प्रणाली को समाप्त कर, जुडिशियल एपॉइंटमेंट कमीशन स्थापित करवाने का प्रस्ताव लोकसभा व राज्यसभा से पारित करवा लिया है।

10. पुरातन कानूनों का रिव्यू—देश में औपनिवेशिक ब्रिटिश शासन के दौरान बनाए कानून अभी भी प्रचलित हैं। यद्यपि इन प्राचीन कानूनों की प्रासंगिता वर्तमान समय में समाप्त हो गई है। इसलिए इन पुरातन कानूनों को रिव्यू करने का फैसला किया गया है और सरकार ने ऐसे 270 कानूनों को समाप्त करने का फैसला किया है।

11. द्विपक्षीय कूटनीति—प्रधानमंत्री नरेंद्र मोदी की सार्क कूटनीति वास्तव में बहुपक्षीय आर्थिक सहयोग के लिए माहौल बनाने की दिशा में एक साहसिक कदम था। ऐसा करके उन्होंने इन देशों को यह विश्वास दिला दिया कि आम

चुनौतियों को उन्होंने आपसी सहयोग के साथ विकास का एक एजेंडा बना दिया। नेपाल और भूटान की अपनी यात्राओं के दौरान विदेश नीति के हथियार के रूप में हिंदू संस्कृति की विरासत का बखूबी इस्तेमाल किया। जापान-यात्रा के दौरान उन्होंने जापान और भारत के बीच सामरिक व वैश्विक सहयोग से विश्व में शक्ति-संतुलन का सराहनीय काम किया। चीन के राष्ट्रपति की भारत-यात्रा के दौरान उन्होंने अपनी कूटनीतिक परिपक्वता का परिचय दिया, जहाँ एक ओर दोनों देशों के बीच वाणिज्यिक सहयोग को बढ़ाने में सफल रहे, वहीं चीन के साथ-सीमा विवाद के विषय में चीन को कड़ा संदेश देने में सफल रहे। दोनों देशों में सिविल-न्यूक्लियर डील से लेकर, रेलवे नेटवर्क के विकास व आपसी व्यापार पर सहमति हुई। इस यात्रा के दौरान चीन के राष्ट्रपति और प्रधानमंत्री श्री नरेंद्र मोदी के बीच 12 समझौतों पर हस्ताक्षर हुए तथा अगले पाँच वर्षों में 20 बिलियन डॉलर निवेश होना तय हुआ है। 27/09/2014 को अमरीका में संयुक्त राष्ट्रसंघ की जनरल एसेंबली को संबोधित करते हुए उन्होंने पूरे विश्व को बता दिया कि भारतीय परंपराएँ, भारतीय संस्कार, भारतीय योग पूरी मानवता के कल्याण के लिए सर्वश्रेष्ठ हैं और मानवता का कल्याण ही एकात्म मानववाद का निचोड़ है। प्रधानमंत्री नरेंद्र मोदी के अमरीका यात्रा के दौरान भारत और अमरीका ने '21वीं सदी चलें साथ-साथ' का नारा देते हुए सामरिक साझेदारी मजबूत करने का संकल्प लिया। समुद्र में आवाजाही की आजादी और कारोबार की सुरक्षा मिलकर सुनिश्चित करने की बात की है। उन्होंने भारत की परंपरा योग को अंतरराष्ट्रीय पहचान दिलाने में सफलता पाई। अमरीकी राष्ट्रपति ओबामा ने मोदी के 'स्वच्छ भारत अभियान' में सहयोग का वादा किया है। द्विपक्षीय कूटनीति के मामले में नरेंद्र मोदी देश के सफलतम नेता हैं। 28 सितंबर, 2014 को अमरीका के मेडिसन स्क्वायर गार्डन का कार्यक्रम अपने ढंग का पहला भारतीय आयोजन था। जब दुनिया की एकमात्र महाशक्ति अमरीका की भूमि पर श्री नरेंद्र मोदी ने घोषणा की कि भारत की युवा शक्ति और आप सबकी बदौलत भारत 21वीं सदी में विश्व पटल पर दस्तक देने लगा है। किसने सोचा होगा कि ऑस्ट्रेलिया के सबसे बड़े शहर सिडनी के एलफांसो एरिना मैदान पर किसी भारतीय प्रधानमंत्री की सभा में ऐसा माहौल होगा। पूरे विश्व में भारत

की एक नई पहचान बनाने, उसका प्रभाव बढ़ाने और उसका कारोबारी लाभ लेने के लिए मोदी ने अपनी डिप्लोमेसी का हिस्सा बना लिया है।

जैसे कोई रॉक कंसर्ट : अमरीका के मेडिसन स्क्वायर में मोदी का कार्यक्रम

म्यामांर का अभियान शिखर सम्मेलन हो या फिर ऑस्ट्रेलिया में आयोजित जी-20 की कान्फ्रेंस, मोदी हर जगह सबसे ज्यादा सुर्खियाँ और महत्त्व पानेवाले नेता बने। अलफांसो एरिना के कार्यक्रम में ऑस्ट्रेलियाई प्रधानमंत्री के विशेष प्रतिनिधियों से लेकर कई मंत्री संसदीय सचिव, कई विपक्षी नेता, कई राज्यों के प्रीमियर, सांसद, क्रिकेटरों सहित कई जानी-मानी हस्तियाँ मौजूद थीं। विवेकानंद की चर्चा करते हुए प्रधानमंत्री ने कहा कि एक दिन भारत माता विश्व गुरु के स्थान पर विद्यमान होगी। वह विश्व की आशंकाओं का केंद्र बनेगी। मोदी ने विश्व मोरचे पर जितना किया है, शायद घरेलू मोरचे पर अभी उतना नहीं हुआ हो, परंतु कूटनीतिक मामलो में वे अतुलनीय हैं।

12. स्किल डेवलपमेंट—अनुसूचित जाति/जनजाति व महिलाओं के विकास के लिए मुख्य कार्यक्रम। यद्यपि स्किल डेवलपमेंट, अनुसूचित जाति व जनजाति तथा महिलाओं के विकास के लिए अलग-अलग मंत्रालय बड़ी कुशलता से अपना काम कर रहे हैं। परंतु भारत सरकार का सूक्ष्म, लघु और

मध्यम उद्यम मंत्रालय, सूक्ष्म, लघु और मध्यम उद्यम मंत्री कलराज मिश्र के कुशल मार्गदर्शन में वंचित वर्गों के लिए अभूतपूर्व कार्य कर रहा है। इनमें से प्रमुख योजनाएँ निम्न हैं—

(क) कलस्टर विकास कायक्रम

1. कॉमन सुविधा केंद्र के लिए परियोजना लागत 15 करोड़ रुपए हैं, जो कि पहले 10 करोड़ रुपए थी और जिसमें भारत सरकार का 70 प्रतिशत योगदान भी शामिल है। अब इसमें योगदान 90 प्रतिशत हो गया है, जोकि विशेष कैटगिरी के राज्यों तथा उन कलस्टरों के लिए है, जहाँ पर कि 50 प्रतिशत महिला/अनुसूचित जाति/जनजाति यूनिटें हैं।

2. इंफ्रास्ट्रक्चर के लिए परियोजना लागत 10 करोड़ रुपए है जिसमें सरकार का योगदान 60 प्रतिशत है और 80 विशेष कैटेगिरी के ऐसे राज्यों तथा कलस्टरों के लिए हैं, जहाँ पर कि 50 प्रतिशत महिला/अनुसूचित जाति/जनजाति सूक्ष्म यूनिटें हैं।

3. सॉफ्ट इंटरवेंशन की परियोजना लागत को बढ़ाकर, 25 लाख तक कर दिया गया है, जिसमें सरकार का योगदान 75 प्रतिशत है तथा 90 विशेष कैटेगिरी के राज्यों और उन क्लस्टरों के लिए रखा गया है जहाँ पर कि 50 प्रतिशत से अधिक महिला/अनुसूचित जाति/जनजाति सूक्ष्म यूनिटें हैं।

(ख) महिलाओं के लिए विशेष प्रोत्साहन

एमएसमएई महिला उद्यमियों के लिए कुछ विशेष प्रोत्साहन तथा रियायतें दे रहा है। उदाहरण के तौर पर, प्रधानमंत्री रोजगार योजना (पीएमआरवाई) में महिलाओं को लाभ देने को वरीयता दी गई है और महिलाओं को अनेक रियायतें दी गई हैं, ताकि वे इन स्कीमों में भाग लेकर सहायता प्राप्त कर सकें। इसी प्रकार से एमएसएमई क्लस्टर विकास कार्यक्रम में, एमएसएमई का योगदान 30 प्रतिशत से 90 प्रतिशत जाता हो। सूक्ष्म एवं लघु उद्यमों के लिए क्रेडिट फंड स्कीम में प्रदान किए गए ऋण का 75 प्रतिशत तक गारंटी का कवर दिया जाता है। तथापि ऐसे एमएसएमई उद्यमों जो कि स्वयं महिलाओं द्वारा चलाए जाते हैं अथवा उनके खुद के हैं, उन्हें 80 प्रतिशत गारंटी दी जा रही है। भारतीय लघु

उद्योग विकास बैंक (सिडबी) भी महिला उद्यमियों के लिए विशेष स्कीम क्रियान्वित कर रहा है। महिलाओं के लिए प्रधानमंत्री रोजगार सृजन योजना में महिलाओं को निम्नलिखित छूट प्रदान की जा रही है—

शहरी महिला लाभार्थियों को सामान्य लाभार्थियों को दी जाने वाली मार्जिन राशि के 15 प्रतिशत की तुलना में 25 प्रतिशत मार्जिन राशि की सब्सिडी दी जाती है, जबकि ग्रामीण क्षेत्र की महिलाओं को सामान्य महिलाओं के 25 प्रतिशत की तुलना में 35 प्रतिशत की सब्सिडी दी जाती है।

महिला उद्यमी लाभार्थियों के मामले में सामान्य लाभार्थियों के 10 प्रतिशत के योगदान की तुलना में परियाजना लागत का 5 प्रतिशत योगदान दिया जाता है। महिला तथा अनुसूचित जाति/जनजाति के लिए परियोजना लागत के 95 प्रतिशत तक का ऋण बैंक फाइनेंस के रूप में दिया जाता है, जबकि सामान्य लाभार्थियों के लिए ऋण 90 प्रतिशत तक ही रहता है।

मार्केटिंग सहायता के अंतर्गत सूक्ष्म, लघु एवं मध्यम उद्यम मंत्रालय ने एमएसएमई की महिला उद्यमियों को प्रोत्साहित करने के लिए स्टॉल/अंतरराष्ट्रीय व्यापार मेलों/प्रदर्शनियों में भाग लेने के लिए एक स्कीम तैयार की है, ताकि वे निम्नलिखित तरीको को अपनाकर अपना निर्यात बढ़ा सकें—

क. प्रदर्शनी में नि:शुल्क किराए पर स्थान उपलब्ध होता है (6 मीटर)।

ख. उन्हें इकोमी क्लास का एयर किराया की 100 प्रतिशत प्रतिपूर्ति की जाती है, लेकिन इसकी अधिकतम सीमा 1.25 लाख रुपए है।

सरकार की मंशा है कि सबसे बड़े प्रमोशन तथा विकास सहायता कार्यक्रम के लिए रखी, कुल राशि का 22.5 प्रतिशत रखा जाए जो कि अनन्य रूप से अनुसूचित जाति/जनजाति/महिला तथा शारीरिक रूप से अक्षम व्यक्तियों के लिए वितरित की जाएगी। इस प्रक्रिया के लिए किसी प्रकार का शुल्क नहीं लिया जाएगा।

विकास आयुक्त (सू.ल.म.उ.) का कार्यालय काफी संख्या में व्यावसायिक और उद्यमिता विकास कार्यक्रम आयोजित करता है। उद्यमिता विकास कार्यक्रम (ईडीपी) विकास संस्थानों के माध्यम से आयोजित किए जाते हैं, जिसमें उद्यमिता कौशल विकास के साथ ही इलेक्ट्रोनिक्स, इलेक्ट्रिकल, खाद्य प्रसंस्करण

आदि जैसे व्यवसायों से संबंधित ऐसे विशिष्ट कौशल जो प्रशिक्षणार्थियों को अपना स्वयं का उद्यम प्रारंभ करने में सक्षम बनाते हैं, पर फोकस किया जाता है। इन कार्यक्रमों में निम्नलिखित शामिल हैं—

क. उद्यमिता विकास कार्यक्रम (ईडीपी)

सूक्ष्म एवं लघु उद्यमों की स्थापना के लिए अपेक्षित औद्योगिक गतिविधियों के विभिन्न पहलुओं के संबंध में जानकारी देकर युवाओं की प्रतिभा को पोषित करने के लिए उद्यमिता विकास कार्यक्रम नियमित रूप से आयोजित किए जा रहे हैं। ऐसे उद्यमिता विकास कार्यक्रमों की पाठ्य-सामग्री, उत्पाद/प्रोसेस डिजाइन, विनिर्माण प्रथाओं, उपयुक्त मशीनरी तथा उपकरणों का बचत और उपयोग, परियोजना की रूपरेखा तैयार करना, विपणन अवसर/तकनीक, उत्पाद/सेवा मूल्य, निर्यात अवसर, उपलब्ध अवसंरचना सुविधाओं, नकद प्रवाह आदि के संबंध में उपयोगी जानकारी प्रदान करने के लिए तैयार की जाती है।

ख. उद्यमिता कौशल विकास कार्यक्रम (ईएसडीपी)

संभावित उद्यमियों, विद्यमान कार्यबल के कौशल के उन्नयन के लिए बृहत प्रशिक्षण कार्यक्रम आयोजित किए जाते हैं तथा सूक्ष्म लघु उद्यमों के नए कर्मचारियों और तकनीशियनों के कौशल का विकास करने के लिए विभिन्न तकनीकी सह कौशल विकास प्रशिक्षण कार्यक्रम आयोजित किए जाते हैं, जिससे उनके कौशल उन्नयन के लिए उन्हें प्रशिक्षण देने तथा उत्पादन के बेहतर एवं संशोधित प्रौद्योगिकीय कौशल से उन्हें सुसज्जित करने के मूल उद्देश्य को प्राप्त किया जा सके। राज्यों के विभिन्न क्षेत्रों सहित अल्प विकसित क्षेत्रों में सामाजिक रूप से वंचित (अन्य पिछड़ा वर्ग, अनुसूचित जाति, जनजाति, अल्पसंख्यकों तथा महिलाओं) के वर्गों के कौशल विकास के लिए विशिष्ट रूप से तैयार कार्यक्रम चलाए जाते हैं। यह कार्यक्रम 60 विधाओं में प्रशिक्षण को कवर करता है।

ग. प्रबंधन विकास कार्यक्रम (एमडीपी)

मैनेजमेंट प्रैक्टिस सिस्टम संबंधी प्रशिक्षण प्रदान करने का उद्देश्य विद्यमान और संभावित उद्यमियों की निर्णय लेने की क्षमता में सुधार करना है, जिसके

परिणामस्वरूप उत्पादकता तथा लाभ में वृद्धि हो। इन प्रशिक्षण कार्यक्रमों में सहभागियों को प्रबंधकीय कार्य के अनेक विषयों के संबंध में इनपुट दिए जाते हैं। ये कार्यक्रम अल्पावधिक कार्यक्रम हैं तथा पाठ्यक्रम उद्योग की आवश्यकताओं के आधार पर तैयार किए जाते हैं और जब कभी उपभोक्ता द्वारा अपेक्षित हो, कस्टमाइज किए जाते हैं। लक्षित प्रशिक्षण कार्यक्रमों में से 20 विशेष रूप से केवल समाज के कमजोर वर्गों (अनुसूचित जाति, जनजाति, महिलाओं/शारीरिक रूप से विकलांगों) के लिए आयोजित किए जाते हैं और इसके लिए उनसे कोई शुल्क नहीं लिया जाता है। इसके अलावा 500 रुपए प्रतिमाह की छात्रवृत्ति दी जाती है।

घ. ट्रेड संबंधी उद्यमिता सहायता स्कीम (ट्रेड)

इस स्कीम में महिलाओं के आर्थिक सशक्तीकरण को शामिल किया गया है, जिसमें गैर-पूर्ण क्रियाकलापों में उनको उद्यमिता कौशल का विकास किया जाता है। इस योजना के तीन मुख्य कारक हैं : (क) महिलाओं के उद्यमिता का विकास करने के लिए गैर-सरकारी संगठन (एनजीओ) को परियोजना लागत का 30 प्रतिशत तक का भारत सरकार का अनुदान। परियोजना लागत का शेष 70 प्रतिशत मात्र लैडिंग एजेंसी द्वारा ऋण के रूप में फाइनेंस किया जाता है जो कि परियोजना में निर्धारित की गई/चलाई जानेवाली कार्यकलापों के लिए होता है। (ख) प्रशिक्षण संस्थानों/एनजीओ को प्रति कार्यक्रम 1 लाख रुपए का भारत सरकार का अनुदान दिया जाता है। ये अनुदान महिला उद्यमियों को प्रशिक्षण देने के लिए दिया जाता है, जिसमें न्यूनतम 25 प्रतिशत तक सरकारी अनुदान का शेयर तथा पूर्वोत्तर के मामले में 10 प्रतिशत सरकारी अनुदान का शेयर रहता है तथा (ग) राष्ट्रीय उद्यमिता विकास संस्थानों तथा दूसरे ख्याति प्राप्त ऐसे संगठनों को जरूरत के आधार पर 5 लाख रुपए का भारत सरकार का अनुदान दिया जाता है, जो फील्ड सर्वे, अनुसंधान अध्ययन, मूल्यांकन अध्ययन, प्रशिक्षण मॉड्यूल को डिजाइन करने आदि के काम में लगे हुए हैं।

ङ: एमएसएमई विकास संस्थान (एमएसएमई-डी)

ये संस्थान तथा इनकी शाखाएँ टेक्नो-प्रबंधकीय/उद्यमिता सेवा उपलब्ध

कराने के लिए खोले गए हैं, ताकि भावी उद्यमियों तथा खास तौर से महिला और अनुसूचित जाति/जनजाति के उद्यमियों को इन क्षेत्रों का प्रशिक्षण दिया जाना सुनिश्चित हो सके। डीआईएस के मुख्य कार्यकलाप इस प्रकार हैं—

1. विद्यमान तथा संभावी उद्यमियों की सहायता देना तथा उन्हें परामर्श देना।
2. राज्य के औद्योगिक प्रोफाइल तैयार करना और औद्योगिक संभावित सर्वेक्षण करना।
3. प्रोजेक्ट प्रोफाइल तैयार करना तथा उन्हें अद्यतन करना।
4. उद्यमिता विकास कार्यक्रम।
5. मनोबल बढ़ाने के कैम्पेन।
6. प्रबंधन विकास कार्यक्रम।
7. कौशल विकास कार्यक्रम।
8. ऊर्जा परिरक्षण एवं प्रदूषण नियंत्रण।
9. क्वालिटी कंट्रोल तथा अपग्रेडेशन।
10. निर्यात प्रोत्साहन।
11. गहन तकनीकी सहायता।
12. डीआईसी के केंद्रों से समन्वय।

सूक्ष्म, लघु एवं मध्यम उद्यम मंत्रालय हमारे माननीय प्रधानमंत्री जी के 'मेक इन इंडिया' के निर्धारित लक्ष्य को पूरी तरह से पूरा करने के लिए कृतसंकल्प है।

13. स्वच्छ भारत अभियान—स्वस्थ राष्ट्र के निर्माण हेतु स्वच्छता बहुत ही आवश्यक होती है। राष्ट्रपिता महात्मा गांधी शरीर की स्वच्छता व मन की स्वच्छता पर बहुत जोर देते थे। प्रधानमंत्री श्री नरेंद्र मोदी ने महात्मा गांधी की जयंती 2 अक्तूबर को 'स्वच्छ भारत अभियान' की शुरुआत की। उनके इस आह्वान का बड़ा सकारात्मक परिणाम निकला। देश के कोने-कोने में हर वर्ग, हर व्यवसाय, अमीर-गरीब सभी ने इस स्वच्छता अभियान में हिस्सा लिया। नेता, अभिनेता, क्रिकेट-खिलाड़ी सभी लोग इस अभियान में आगे आ रहे हैं। जहाँ सचिन तेंदुलकर ने इस अभियान में सक्रिय रूप से भाग लिया। वहीं

अमिताभ बच्चन, सलमान खान, अमीर खान जैसे लिजेंड्री कलाकारों ने इस अभियान को सफल बनाने का संकल्प लिया और आशा की जानी चाहिए कि हम शीघ्र ही स्वच्छ व स्वस्थ भारत का निर्माण करने में सक्षम होंगे।

14. खादी को प्रोत्साहन—जैसाकि सर्वविदित है कि महात्मा गांधी स्वस्थ भारत के निर्माण के लिए खादी को बहुत ही अहं मानते थे। खादी न सिर्फ गरीबों को रोजगार देती है, अपितु यह भारत की आत्मा है। इसी बात को ध्यान में रखते हुए श्री नरेंद्र मोदी ने 3 अक्तूबर के रेडियो पर अपने संदेश में खादी पहनने की अपील की। श्री मोदी इस अवधारणा को समाप्त करना चाहते हैं कि खादी सिर्फ नेताओं की पोशाक है। खादी को बढ़ावा देने के लिए 'खादी दिवस' मनाने का प्रस्ताव है और सूक्ष्म, लघु तथा मध्यम उद्योग मंत्री श्री कलराज मिश्र ने खादी को बाजार में प्रतिस्पर्धी बनाने का काम प्रारंभ कर दिया है। उन्होंने आई. आई. टी. की मदद से आधुनिक चरखे बनाए हैं, जिससे खादी की पहुँच अंत्योदय के लक्ष्य तक पहुँच सके। मोदी की इस पहल से राष्ट्रीय स्वयंसेवक संघ बहुत प्रसन्न है। प्रधानमंत्री की प्राथमिकता स्वावलंबन के साथ देशी संसाधनों से देश का विकास करना है।

प्रधानमंत्री ने स्वतंत्रता दिवस के अपने संबोधन में राष्ट्र को यह विश्वास दिलाया है कि वर्ष 2022 देश के हर नागरिक का अपना घर होगा। हर हाथ को काम, हर व्यक्ति को छत एकात्म मानववाद का मुख्य लक्ष्य रहा है।

पं. दीनदयाल उपाध्याय ने अपने दर्शन में मानव के संपूर्ण विकास की चेष्टा की और यह पूर्णता तभी फलीभूत होती है। उन्होंने सभी भूखों की भूख मिटाने की चेष्टा की। श्री अटल बिहारी वाजपेयी ने भी कहा—

"भारत को लेकर मेरी एक दृष्टि है, ऐसा भारत, जो भूख, भय एवं अभाव से मुक्त हो।"

यही एकात्म मानववाद का मुख्य लक्ष्य है।

□□□